Sangeetha

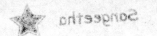
Sangeetha

Z.
Le fantôme de Chemin-Joseph

LES ÉDITIONS DES INTOUCHABLES
512, boul. Saint-Joseph Est, app. 1
Montréal (Québec)
H2J 1J9
Téléphone : 514 526-0770
Télécopieur : 514 529-7780
www.lesintouchables.com

DISTRIBUTION : PROLOGUE
1650, boul. Lionel-Bertrand
Boisbriand (Québec)
J7H 1N7
Téléphone : 450 434-0306
Télécopieur : 450 434-2627

Conception graphique : Mathieu Giguère & Marie Leviel
Illustration de la couverture : Julien Castanié
Mise en pages : Marie Leviel
Direction éditoriale : Marie-Eve Jeannotte
Révision : Corinne De Vailly, Maude Schiltz
Correction : Élaine Parisien

Les Éditions des Intouchables bénéficient du soutien financier
du gouvernement du Québec — Programme de crédit d'impôt
pour l'édition de livres — Gestion SODEC et sont inscrites au
Programme de subvention globale du Conseil des Arts du Canada.

Nous reconnaissons l'aide financière du gouvernement du Canada
par l'entremise du Programme d'aide au développement de
l'industrie de l'édition (PADIÉ) pour nos activités d'édition.

Membre de l'Association nationale des éditeurs de livres.

Dépôt légal : 2010
Bibliothèque et Archives nationales du Québec
Bibliothèque nationale du Canada

ISBN : 978-2-89549-419-5

Cathleen Rouleau

Z.
LE FANTÔME DE CHEMIN-JOSEPH

À maman,
qui m'a appris que dans la vie
qui ne tente rien n'a rien.
Je t'aime xx

CHAPITRE 1

IL ÉTAIT UNE FOIS

Le soleil se levait à peine lorsque Donovan gara sa voiture dans le stationnement de l'école, ce matin-là. Les cours débutaient dans quelques jours et il n'était pas tout à fait prêt. Enseigner demande de la préparation. Et un professeur organisé en vaut deux. Il marcha d'un pas régulier vers la grande porte centrale, un gobelet de café fumant dans la main gauche, sa valise dans la droite. Un vent froid lui pinçait les joues. L'automne se manifestait très tôt, cette année. Il entra en secouant un long frisson, et se fit la réflexion qu'il aurait dû mettre un chandail plus chaud.

Les corridors dormaient encore, bien calmes, dans l'obscurité matinale. On pouvait entendre les voix de Jocelyne et de Carmelle, qui riaient au secrétariat. Elles aussi se devaient d'arriver tôt. Donovan se dirigea vers l'escalier, croisant en chemin le concierge qui s'affairait à laver les grandes vitres de la bibliothèque. Ce dernier le salua d'un signe de tête. L'enseignant monta lentement les marches en avalant une gorgée de son infusion, pas assez sucrée à son goût.

Le troisième étage était désert. Dans une période normale de l'année, d'autres enseignants seraient eux aussi déjà sur place, en train de corriger des devoirs ou de réviser la matière du jour. Mais ce matin-là, le prof d'histoire se trouvait seul. Tant mieux. Il aimait bien ces moments de tranquillité.

Une odeur de propreté flottait dans son bureau. Tous ses effets personnels l'attendaient là, dans l'état où il les avait laissés à la fin de l'année scolaire précédente. La porte du local voisin grinça. Donovan jeta un coup d'œil dans le couloir.

— Éric ? T'étais pas en vacances jusqu'au trois ?

Pas de réponse. Probablement un courant d'air. Il haussa une épaule, retourna vers sa chaise et s'y assit, en sortant cahiers, crayons et feuilles. D'un geste, il mit son portable en marche, puis ouvrit sa boîte de courriels. Un vieil ami voulait des nouvelles. Sa sœur lui rappelait leur souper prévu deux jours plus tard, et une compagnie pharmaceutique voulait lui vendre du Viagra à un prix compétitif. Il expédia cette dernière offre dans la poubelle virtuelle et lança le programme Word.

Une chasse d'eau se fit entendre dans les toilettes un peu plus loin. Sûrement un collègue qui venait d'arriver. Donovan appuya ses coudes sur le bureau devant lui et fronça ses épais sourcils en essayant de résoudre un problème : comment expliquer la colonisation européenne sans endormir tout le monde ?

À nouveau, une chasse d'eau se déclencha. Étrange… Deux fois en quelques minutes et, malgré cela, on n'entendait toujours aucun bruit dans le couloir. Pas de déplacement, pas de papier qu'on remue, pas de gorge qu'on éclaircit… rien. Comme s'il n'y avait personne !

Soudainement, un autre son troubla le silence : « pok… pok… pok… pok-pok-pok-pok ». Donovan dirigea son regard vers l'embrasure de sa porte et vit passer une balle de caoutchouc, toute seule, sortant de nulle part. Immédiatement après, une troisième chasse d'eau fut actionnée, faisant résonner son tourbillon à travers l'écho des lieux. C'en était trop. Il se leva et sortit de la pièce, curieux de comprendre ce qui se passait. Ce qu'il vit le laissa complètement abasourdi : sur le plancher, un filet d'eau rampait vers lui, en provenance des toilettes ; la longue flaque devenait toujours plus dense, toujours plus large de seconde en seconde. Sans réfléchir, le prof s'élança à contre-courant jusqu'à la source du dégât, et tomba face à face avec trois cuvettes et autant de lavabos qui vomissaient leur liquide à gros jets disgracieux.

— Voyons donc !

D'un geste rapide, il referma les robinets, mais pour le reste, il serait impossible de stopper l'inondation sans aide ! Tout le plancher baignait dans l'eau ! Il ressortit aussitôt et essaya de courir vers les marches, dans le but d'avertir quelqu'un, mais ses souliers glissaient comme des patins sur la glace, et il passa près de chuter plusieurs fois.

— Y est où, le concierge ? demanda Donovan, d'un air affolé, en surgissant finalement dans le secrétariat.

— La dernière fois que je l'ai vu, y s'en allait vers les gymnases, lança Carmelle sans lever les yeux de son écran. Pourquoi ?

— Parce que ! J'ai besoin de lui, ça presse !

Évidemment, les gymnases étaient déserts. Tout autant que les vestiaires et les pièces de rangement. C'est toujours quand on a BESOIN de quelqu'un qu'on ne le trouve pas ! Satanée loi de Murphy ![1] Après au moins cinq bonnes minutes de recherches acharnées, Donovan finit par mettre la main sur le fameux concierge.

— Vous étiez où ? demanda-t-il un peu brusquement.

— Drette icitte ! répondit l'autre, sur la défensive. Depuis quand y faut que j't'avertisse où c'est que j'suis ?

— Non, c'est pas ça, c'est parce qu'on a un dégât en haut, c'est épouvantable : les toilettes débordent, y a de l'eau partout !

— Bon... 'in autre affaire.

---

1. La loi de Murphy dit que si on échappe une tranche de pain, elle tombe toujours du côté beurré. Sauf si la tranche est pas beurrée. Mais quand on échappe une tranche de pain pas beurrée, ça n'a rien à voir avec la loi de Murphy. Dans ce cas-là, tout est de la faute à la mauzuss de loi de la gravité... La maladresse y est aussi pour beaucoup. En fait... mangez donc des céréales, ça va être ben moins compliqué ! (NDA)

— C'est sérieux ! Il faut se dépêcher, je vous dis : c'est PARTOUT ! ! ! J'suis d'ailleurs étonné que ça soit pas encore rendu jusqu'ici !

— Ouais, ben attends minute, là, faut toujours ben que je prenne mes affaires, j'suis quand même pas pour l'essuyer avec mes bas, c't'eau-là !

D'un pas nonchalant, le vieil homme s'en alla vers la conciergerie, chercha sa clé dans son impressionnant trousseau, puis, sans se presser, ramassa enfin sa vadrouille, un seau et sa ventouse pour débloquer les tuyaux.

— Bon, montre-moi ça, lança-t-il à l'attention de Donovan.

Ce dernier se dirigea rapidement vers l'ascenseur, avant d'entendre le concierge s'exclamer dans son dos :

— Oh, non ! J'crois pas à ça, moi, ces affaires-là !

— Vous… Attendez, répliqua l'enseignant en essayant de comprendre. Vous ne CROYEZ PAS aux ascenseurs ?

Bien sûr qu'il y croyait. Mais ça lui faisait peur. Une véritable phobie. Les araignées ne le dérangeaient pas. Les petits espaces non plus. Les hauteurs : pas de problème. Mais monter et descendre à la vitesse d'un oiseau de proie sans avoir à bouger le moindre muscle, ce n'était pas normal. Si les ascenseurs étaient AUSSI sécuritaires, on pourrait voir leur mécanisme. Ou du moins, on n'aurait pas besoin d'être enfermé dans une énorme caisse en métal pour s'en servir.

Ils n'eurent donc d'autre choix que d'utiliser l'escalier. Donovan passa devant et dut s'armer de patience pendant que le vieil homme montait à la vitesse d'un escargot qui s'est foulé une cheville[2]. Au bout de trois autres minutes bien comptées, ils arrivèrent enfin à l'étage. Le professeur d'histoire tiqua en découvrant le plancher. Il était encore humide, mais la flaque avait disparu.

— Wow… Méchant dégât, fit le concierge, sarcastique.

— Non, mais… C'était…

Donovan avança en cherchant autour, comme si l'eau avait pu s'être cachée dans une classe pour leur jouer un bon tour. En arrivant devant la porte des toilettes, l'enseignant sentit son sang se figer et tout son corps faiblir d'un seul coup.

L'eau. Elle était complètement disparue.

---

2.   Oui, d'accord, les escargots n'ont pas de chevilles, mais c'est un DÉTAIL ! L'important, c'est que vous compreniez la métaphore ! Arrêtez de m'interrompre dans mon histoire ! (NDA)

CHAPITRE 2

EXTRAIT DU JOURNAL DE BORD DE ZACHARI ZED

LE CONCIERGE DE L'ÉCOLE EST VRAIMENT BIZARE[3]. IL ME FAIT UN PEU PEUR.

JOËL DIS QUI LIT DANS LES PENSÉS À CAUSE QUI A DEVINEZ QU'ON AVAIT LA CLÉ DE SON BUREAU QUAND JADE AVAIT PERDU SA CHAINE PIS QU'ÉTAIS DANS LE BUREAU DU CONCIERGE PIS QU'ON VOULAIS ALLEZ LA REPRENDRE[4].

PIS JE SUIS SURE QUI A RAPPORT AVEC L'AFFAIRE DE LA DISPARITION D'ARMAND FRAPPET. CES LOUCHE CES LUI LE DERNIER QUI L'A VU. PIS AVEC SA FACE MAUVE YÉ VRAIMENT ÉPEURANT. SA AIDE PAS.

CES TROP BIZARE UN PROF QUI DISPARAÎT COMME SA DU JOUR AU LANDEMIN SANS DONNER DE NOUVELLE PIS QU'ON REVOIT PUS JAMAIS. SA SE PEUT JUSTE PAS. J'AI PEUR QUE LE CONCIERGE Y L'AILLE TUEZ PIS QUE PERSONNE LE SACHENT. SA SE POURRAIT, LE PIRE ! LE MONDE QUI VIRE FOUS ÇA SE PEUT, LA PREUVE : DANIEL L'ANNÉE PASSEZ.

---

3.   Vous excuserez les fautes d'orthographe. Zach n'est pas très bon en français. Mais par exemple, il TORCHE en maths… (NDA)

4.   OK, j'aime autant vous le dire tout de suite : si vous n'avez pas lu *Le secret du local S-80*, ça NE SERT À RIEN de continuer à lire ce livre-là. Parce qu'y va y avoir plein de références au tome 1. Juste pour vous écœurer. (NDA)

PIS YA LE FANTÔME AUSSI. JOËL Y ARRETE PAS DE DIRE QUI A UN FANTÔME DANS L'ÉCOLE. Y DIT QU'UNE FOIS LES DOUCHES ÉTAIT MOUILLEZ QUAND ON EST ARRIVEZ A L'ÉCOLE PIS QUI AVAIS PERSONNE À L'ÉCOLE AVANT NOUS. COMME SI LES DOUCHES SERAIT PARTIENT TOUTE SEULES.

→ Y A TU D'AUTRE HISTOIRES DANS CE GENRE-LA OU CES LA SEULE ? FAUDRAIS REGARDEZ

NE PAS OUBLIEZ : WWW.LESSEPT.COM
CODE : za3k

CHAPITRE 3

RETOUR À LA CASE DÉPART

La fraîcheur terreuse des murs de pierre. Le parfum épicé des charpentes de bois. Les effluves ancestraux des tapis qui ont vu le temps couler. Zachari se souvenait très bien de toutes ces odeurs. L'école Chemin-Joseph était restée la même durant les vacances. Il y revenait pour une deuxième année, mais c'était comme si cet endroit avait été le berceau de toute sa vie. Tellement de choses s'étaient passées ici en si peu de temps…

Plein de nouveaux élèves déambulaient sur le terrain. Ça faisait du bien de ne pas voir le grand Jimmy à travers la foule. Son absence enlevait une grosse pression dans la cage thoracique de Zach. Cette année, il aurait la paix. Pas besoin de se méfier à tout moment. Pas besoin de craindre.

— Zaaaaaaaaaach!!!!!

Maggie venait de l'apercevoir depuis son autobus. Elle se mit à courir et se jeta sur lui en riant, contente de le revoir enfin.

— Est-ce que t'as vu les autres? demanda-t-elle, un peu essoufflée.

— Non, pas encore, j'étais en train de les chercher. C'est-tu Émile pis Jade, là-bas?

— Oui!! Viens, on va aller les voir!

Elle l'attrapa par la main et se mit à courir dans leur direction.

— Yooooo!!!

Jade serra Zachari dans ses bras, visiblement très contente de le revoir. Celui-ci ne put empêcher ses oreilles de rougir. Heureusement, sa fidèle casquette des Nordiques les camouflait. Joël arriva à son tour, suivi d'Alice et de Meg. Cette dernière garda les mains dans ses poches en écoutant les autres se réjouir. Zach lui sourit, et reçut un sourcil levé en guise de réponse. Elle n'avait pas changé. Toujours aussi maussade et grinçante. D'une certaine façon, il se sentit rassuré. C'était le caractère de Meg. Celui qu'il avait toujours connu. Qu'il avait appris à apprécier. Ces retrouvailles lui faisaient énormément de bien.

Pour diverses raisons, l'été les avait tous tenus à l'écart les uns des autres. Joël était parti en vacances dans sa famille, à quatorze heures de route de la maison; les parents de Maggie l'avaient inscrite dans un camp et Alice habitait trop loin pour pouvoir visiter le reste de la bande à volonté. Émile s'était tenu avec ses cousins en visite dans la région, et Jade, comme tous les ans, avait partagé son temps entre sa meilleure amie d'enfance, le chalet de ses parents et sa grand-mère.

Le reste de ses amis étant tous occupés, Zach avait passé un été relativement tranquille. Entre une fin de semaine de camping et une visite au zoo où il avait vu un singe se gratter les fesses et sentir ses doigts, rien de bien excitant ne s'inscrivait dans la catégorie «vacances de rêve».

Personne ne savait ce que Meg avait fait pendant ces deux mois de relâche. Et cette fille était tellement secrète, tellement indépendante, que même en lui posant des questions, on n'espérait pas recevoir de réponses.

La rencontre d'accueil allait bientôt débuter. Tous les élèves devaient se rendre au gymnase, où les règlements leur seraient expliqués. On procéderait également à la distribution des horaires et à la présentation des professeurs.

— Bonjour, je m'appelle Jacques Létourneau, et pour ceux qui me connaissent pas, je suis le directeur. Je voudrais tout d'abord souhaiter la bienvenue à tous les nouveaux, et bon retour aux anciens.

Il continua à parler ainsi durant plusieurs minutes, expliquant le code de conduite, la façon de fonctionner de l'école et de son personnel, ainsi que les différents types de sanctions en cas de désobéissance ou de mauvais comportement.

— Cette année, enchaîna-t-il, nous avons reçu plus d'inscriptions, donc on a dû engager des nouveaux professeurs, que j'aimerais vous présenter. Alors je voudrais qu'on accueille ensemble Charles Lefort, qui se partagera le département de français avec Chloé.

Zachari eut un pincement au cœur. Ses chances de ravoir la belle Chloé comme prof de français venaient de diminuer. Il espéra de tout son cœur ne pas atterrir dans la classe du nouvel enseignant.

— En anglais, vous aurez peut-être l'occasion de travailler avec Mark Smith, et en mathématiques, Cybelle Lachance se joint à Max. Sinon, nous avons M. Donovan Esposito, qui enseignera la géographie et l'histoire. M. Esposito est ici depuis l'an dernier, mais comme il est arrivé à la fin du calendrier scolaire, on lui souhaite la bienvenue comme s'il était nouveau lui aussi!

Donovan fit un sourire crispé à l'assemblée. Ses cheveux avaient blanchi un peu depuis l'année précédente. Ce qui donnait l'impression que ses épais sourcils étaient encore plus noirs.

— Ah, et nous aurons également un nouveau professeur d'arts plastiques, reprit Jacques. Mlle Justine Leclerc.

— Hein, qu'est-ce qui est arrivé à Daniel? demanda Alice, un peu déçue.

Meg échangea un bref regard avec son ami aux grosses oreilles. Ils savaient tous deux très bien pourquoi l'ancien prof d'art n'enseignait plus. Et c'était parfait ainsi. Normalement, Alice était aussi censée connaître l'histoire, puisqu'elle en faisait partie. Tout comme leurs quatre autres amis. Mais pour une raison bien précise, à part les deux complices, personne ne s'en souvenait. Et c'était parfait ainsi.

Une fois le discours terminé, les élèves allèrent récupérer leur horaire. Les sept alliés étaient très excités de découvrir les cours qu'ils partageraient. Zach essuya une grande déception : non seulement Chloé ne lui enseignerait pas cette année, mais en plus, Maggie ne serait pas dans sa classe.

Il ne pourrait donc pas se fier à elle pour l'aider à faire ses travaux trop difficiles.

— Cool! On est encore ensemble en éduc! lui dit Émile.

— Ouais! On est aussi dans le même cours d'art avec Jade!

Cette année, un cours optionnel s'ajoutait à l'horaire. Zachari avait choisi l'informatique en se disant qu'un peu de connaissances dans ce domaine ne lui ferait pas de tort.

La dernière demi-heure fut entièrement dédiée au décorticage des horaires et à l'attribution des casiers. Puisqu'il s'agissait d'une journée d'accueil, les cours n'avaient pas lieu et les autobus revenaient chercher tout le monde à midi. Cette année commençait bien.

CHAPITRE 4

ORANGE COMME...

Les premières semaines furent colorées, à Chemin-Joseph, emportant toute l'école dans le tourbillon étourdissant de la rentrée.

Rapidement, les cours déposèrent leur charge de travail sur le dos des élèves qui, entre travaux en classe et devoirs à la maison, ne surent plus où donner de la tête. Des nouveaux visages apparaissaient chaque jour, créant des rencontres de toutes sortes.

Ainsi, quelques minutes avant le premier cours d'art, Zachari remarqua une magnifique créature aux cheveux roux, assise de l'autre côté du local. Lui-même n'éprouva aucune émotion particulière en la voyant, mais il pouvait comprendre que les garçons perdent le sens de la réalité devant son visage parfait et sa longue silhouette effilée.

Émile et Jade la regardaient également, un peu perdus dans leurs pensées, quand la belle les aperçut et leur lança :

— Ben là ! R'gardez ailleurs !

Le trio baissa les yeux, un peu déboussolé, mais surtout intimidé.

— Ayoye ! dit encore la nouvelle, assez fort pour être entendue de tous. C'est comme si y avaient jamais vu une fille de leur vie !

Ses amies gloussèrent, heureuses de ne pas être la cible d'une telle flèche. Il faut dire que son pouvoir d'attraction s'étendait jusqu'aux filles, qui, pour la plupart, lui vouaient une admiration inexpliquée. Ce qui la rendait prétentieuse. Et mesquine. Rabaisser les autres ne lui faisait pas peur. L'important était qu'on lui accorde toute l'attention.

— C'est quoi son problème, à elle ? demanda Zach, tout bas.

— Je l'sais pas, mais est conne pas à peu près ! répondit Émile.

— Ouain, mais peut-être qu'on la dévisageait vraiment, accorda Jade, pleine de bonne volonté.

— Peut-être, mais c'pas une raison pour traiter le monde de même ! se plaignit Émile.

— J'vais aller y parler, décida leur amie. On est juste partis du mauvais pied, c'est tout.

Elle se leva, enfila son plus beau sourire et se dirigea vers la grande rousse, qui lui fit face en se couvrant de dignité.

— Salut. J'm'appelle Jade. C'est quoi ton nom ?

L'autre ne lui répondit pas. Au lieu de quoi, elle alla au tableau, trouva une craie et inscrivit en grosses lettres laiteuses :

« SALUT, J'M'APPELLE JADE, C'EST QUOI TON NOM ? »

La mâchoire d'Émile et de Zach tomba d'étonnement. Ils n'en revenaient pas. La grande perche venait littéralement de déclarer la guerre à leur amie, qui avait simplement essayé de nouer contact, avec les meilleures intentions du monde! Jade revint à sa place, humiliée.

— Vous aviez raison, finalement : c'est juste une conne! chuchota-t-elle d'une voix blanche.

C'est à ce moment que Justine, la prof, fit son entrée. Enjouée, elle salua ses élèves et leur souhaita la bienvenue en effaçant distraitement le tableau, sans se préoccuper de ce qui était écrit dessus.

— J'vais prendre les présences, pour m'assurer que tout le monde est là, d'accord? Alors… Zaralie Angrignon?

Une blonde aux cheveux courts leva la main.

C'est drôle, dit la petite voix dans la tête de Zach. *On dirait mon nom, mais pour une fille. Ça serait drôle si j'avais une sœur qui s'appelait comme ça. Quand maman voudrait qu'on vienne manger, elle dirait : « Zachari, Zaralie, v'nez souper! » Pis là des fois elle se tromperait pis elle dirait : « Zaraki, Zalari… !! ». Haha! « Zalari »! Comme dans la phrase : « on pensait qu'elle allait pleurer, mais « zalari »!*

La détestable rouquine leva la main quand Jessie-Ann Gignac fut appelée. Les noms continuèrent ensuite de défiler un à un, en ordre alphabétique.

— Et finalement… Zachari Zed.

— Ici!

La grande pimbêche pouffa :

— Ses initiales, c'est Z. Z.! En anglais, ça se prononce « Zee-Zee »… ZIZI!

Ses amies éclatèrent de rire en jetant des regards malicieux vers Zachari, écarlate, qui avait tout entendu.

— Parfait! continua la prof après avoir rangé la feuille de présences. Tout le monde est là! On va commencer tout de suite parce qu'on a un cours chargé!

Justine annonça que le projet de la journée consistait à reproduire un objet au fusain. À ces mots, elle désigna le ballon de caoutchouc posé sur son bureau.

— Ça l'air facile, comme ça, de dessiner un ballon! C'est rond! On sait tous faire des ronds depuis qu'on a quoi... trois ans? Mais l'idée, c'est pas juste de me montrer sa forme, je veux aussi voir son *volume*! Et pour ça, vous allez devoir jouer avec les ombrages! Sortez votre matériel, on va commencer.

Elle expliqua les rudiments des ombres et des lumières, pendant que tout le monde se mettait à la tâche.

— Heille, c'est loin d'être comme l'année passée, fit remarquer Émile à Zach.

— C'est sûr, rétorqua Jade. Genre que Daniel nous laissait faire n'importe quoi!

Le reste de l'heure s'écoula avant que tous n'aient eu le temps de terminer.

— Écrivez votre nom et apportez-moi votre feuille ici, on continuera la prochaine fois, dit la prof.

Jade se leva en contemplant fièrement son esquisse, satisfaite de son travail. Elle était sur la bonne voie.

— C'est vrai que c'est pas facile, hein ? fit-elle remarquer à ses deux compagnons.

— Pas facile, tu dis ? C'est carrément impossible ! dit Émile.

Malgré son application, celui-ci n'y arrivait tout simplement pas. Au lieu de ressembler à un ballon, son dessin avait l'air d'une assiette vide.

Ils marchaient tranquillement vers l'avant de la classe, quand Jessie-Ann passa à côté d'eux. Profitant du fait que leur attention était détournée, elle étira le bras et, d'un geste furtif, tacha la feuille de Jade d'un grand trait foncé de fusain.

Cette dernière sentit du mouvement dans son espace vital et surprit la saboteuse sur le fait. Consternée par la méchanceté gratuite de la fille, un hoquet de surprise lui échappa.

— Oups, fit l'échalote, avec un air naïf.

Émile et Zach restèrent muets de stupéfaction. Leur amie avait déployé tellement d'efforts ! Et tout était ruiné !

— Justine ! ! ! s'écria Jade, des larmes plein les yeux. Jessie-Ann a scrappé mon travail !

— Pourquoi t'as fait ça ? reprocha la prof à la fautive.

— Han ! C'est pas moi pantoute ! s'exclama cette dernière.

— MENTEUSE ! lança Émile, insulté. J't'ai VUE !

— Heille ! ! ! C'est quoi le rapport ? ! Vous êtes donc ben pas fins, vous autres ! Moi je d'mande rien à personne, pis vous essayez de m'faire chicaner ! Je l'JURE que c'est pas moi, madame ! ! !

Elle jouait à la perfection. Tout son corps dénonçait l'injustice. De son regard implorant jusqu'à ses mains ouvertes de chaque côté en signe d'innocence, on avait envie de croire qu'il s'agissait d'un coup monté. Et quand ses copines décidèrent d'abonder dans le sens de Jessie-Ann en affirmant qu'elle disait la vérité, la prof finit par croire le mensonge :

— Jade, je comprends pas pourquoi t'agis comme ça, lui dit l'enseignante. Tu peux manquer ton coup, c'est des choses qui arrivent… Mais t'as pas le droit de mettre ça sur le dos des autres ! Je t'avertis tout de suite : c'est pas une attitude que je vais tolérer dans ma classe.

— Mais… ! essaya de se défendre la pauvre victime.

— Est-ce que je me fais bien comprendre ? la coupa Justine, intraitable. Parce que là je te donne une chance, mais la prochaine fois, c'est avec le directeur que tu vas t'expliquer. C'est clair ?

Un silence visqueux régnait dans le local. Certains fixaient le sol, mal à l'aise ; d'autres ne pouvaient décoller leur regard de celle qui se faisait réprimander.

Jade ne pouvait plus contenir la rage qui lui colorait maintenant les joues. Elle déchira son papier en tremblant, le jeta dans la poubelle la plus près et sortit en claquant la porte.

— J'espère que ça va servir de leçon à tout le monde, les avertit la prof. La jalousie, ça sert à rien.

Zach se tourna vers Jessie-Ann. Celle-ci haussa les sourcils en esquissant une moue de pitié.

— Ça se passera pas comme ça, murmura Émile.

CHAPITRE 5

J'AI SOIF

Avec la nouvelle année scolaire, on avait attribué de nouveaux casiers aux élèves. Celui d'Alice se trouvait maintenant reculé au fin fond d'une rangée obscure, à l'autre bout de l'école. Ce qui rendait le chemin pour s'y rendre plus long, et la vue d'ensemble, moins intéressante. En effet, il était tellement loin qu'on ne pouvait plus contempler ce qui se passait dans le grand corridor. Jade avait alors décrété que le point de rencontre, cette année, serait son casier à elle, qui était bien mieux situé. C'est donc à cet endroit qu'elle arriva en balançant un coup de pied dans la porte de métal.

— Je l'haïs, je l'haïs, je l'HAÏS!!! cria-t-elle.

— Qui ça? demanda Maggie, déjà sur place.

Émile expliqua ce qui venait de se produire dans le cours d'arts plastiques. Les filles et Joël n'en revenaient pas.

— C'est qui, elle? demanda Meg, brutalement.

— Une super de grande rousse qui se pense bonne, juste à cause que tout le monde la trouve belle, résuma Zach.

Au même moment, la super-de-grande-rousse-qui-se-pense-bonne-juste-à-cause-que-tout-le-monde-la-trouve-belle passa devant eux, suivie de ses copines qui ne la lâchaient pas d'un centimètre, babillant comme des pies qui auraient bu huit litres de café. Émile les considéra avec dédain :

— Sont tellement snobs !

Elles se dirigeaient vers l'agora, l'air suffisant, leur sacoche bien accrochée à l'épaule. Toutes, sans exception, portaient du maquillage et trop de bijoux. Leurs vêtements leur collaient à la peau, laissant transparaître leurs formes. La plupart d'entre elles portaient des talons hauts. Jessie-Ann aperçut le groupe et tira sur ses propres oreilles en crochissant ses yeux.

— J'm'appelle Zizi ! dit-elle en essayant d'imiter une voix de garçon.

Ses suiveuses poussèrent un rire sonore, puis elles continuèrent toutes leur chemin.

— Je l'haïïïïs ! répéta Jade avec passion. J'souhaite qu'a déboule les marches pis qu'a se casse les intestins !

— T'as-tu ta bouteille de jus ? lui demanda Meg, soudainement.

La belle fouilla dans son casier sans même porter attention à son geste, trop concentrée sur sa frustration personnelle. Un pli se dessina entre les sourcils de Zach. Cette requête ne ressemblait pas du tout à Meg. D'habitude, elle s'arrangeait toute seule. Sans jamais rien demander à personne.

— Tiens, fit Jade en lui tendant le contenant. Y est pas super froid, j'ai oublié de le mettre dans le fridge, hier.

— Attends, essaya d'intervenir Zachari, trop tard.

La minifille empoigna la bouteille d'une main décidée et mit le cap sur la bande de greluches, assises dans l'agora.

— Heille, qu'est-ce que tu…? réalisa Jade en voyant l'autre s'éloigner.

— Oh que ça va être laitte, anticipa Maggie.

Le groupe s'élança à sa suite pour ne rien manquer du spectacle, s'arrêtant tout de même avant l'entrée, là où la vue était imprenable sur la bande de filles assises côte à côte, en train de manger une collation. La discussion allait bon train. Jessie-Ann racontait son exploit du cours d'arts plastiques. Se faufilant dans l'antre comme un chat dans un tuyau, Meg s'accroupit juste derrière les commères qui ne remarquèrent pas sa présence, et dévissa lentement le bouchon de la bouteille, avec un calme désarmant. Puis, sans même se soucier qu'on puisse la prendre sur le fait, elle commença à verser tout le jus dans le sac à main de la superbe conne.

— Oh *shiiiit*! s'exclama Émile.

— OK, c'est beau, viens-t'en, astheure! chuchota Joël nerveusement en balayant l'air de sa main pour lui faire comprendre le message.

La rebelle se releva avec précaution et vint rejoindre les autres. Ils restèrent tous sur place, à bonne distance de l'entrée, curieux de voir ce qui se passerait ensuite. La cloche sonna et la grande carotte ramassa ses affaires en se levant. Dès le moment où son sac fut en place sur son épaule, un liquide se mit à fuir de tous les côtés, éclaboussant ses hanches et ses souliers.

— ARGH! C'est quoi ça??! s'écria-t-elle, ne comprenant pas d'où pouvaient venir les gouttes.

Une de ses amies s'empara immédiatement du sac dégoulinant pour aller le tenir en suspension au-dessus d'une poubelle. Jessie-Ann se rua sur ses effets pour constater avec horreur l'étendue des dégâts : son portefeuille, son cellulaire, sa brosse à cheveux, son étui à maquillage ; tout était trempé. Elle laissa échapper une plainte de contrariété et, relevant la tête, chercha qui avait fait le coup. La première personne qu'elle vit fut bien sûr Jade, entourée de ses six amis, qui se réjouissaient depuis leur poste d'observation.

— C'EST TOI QUI AS FAIT ÇA?! supposa la grande en avançant furieusement.

— Je vois pas de quoi tu parles, pourquoi tu mets ça sur mon dos, j't'ai rien fait moi, je demande rien à personne! singea Jade en utilisant le même ton que l'autre avait pris pour se défendre dans le cours d'arts plastiques.

— J'te jure que j'vais…, commença Jessie-Ann, menaçante.

— Tu vas QUOI? la coupa Meg en se plaçant en travers de son chemin.

Le contraste était drôle à voir. Là, l'une en face de l'autre, une tête orange et une tête mauve s'affrontaient. L'une était grande comme une échelle, et l'autre, petite comme un escabeau. Sauf que ni l'une ni l'autre n'avait l'intention de se laisser monter sur la tête.

— T'es qui, toi? fit Jessie-Ann, méprisante.

— S'cuse, j'ai pas le temps de te répondre, j'ai un peu soif, faut que je boive.

Elle dévissa son bouchon une deuxième fois, fit mine de porter la bouteille à sa bouche, puis, d'un ton faussement surpris, s'exclama:

— Hein? J'comprends pas… Pourtant, me semble que j'avais du jus là-dedans?

Un feu s'alluma dans les yeux de la rousse. Dans ceux de sa rivale, en revanche, on pouvait lire un plaisir vicieux, mêlé d'une lueur de provocation. Elle espérait que l'autre la frappe en premier, pour pouvoir répondre aux coups sans courir le risque de se faire encore suspendre. Dans la vie, on apprend de nos erreurs. Et Meg avait appris que les mots « légitime défense » ont beaucoup de valeur lorsque vient le temps de justifier ses actes. Mais Jessie-Ann ne porta pas le premier coup. À la place, elle plissa les paupières, pour ne laisser qu'une mince fente de mépris fuser en direction de sa nouvelle ennemie. Cette dernière ne bougea pas et soutint son regard sans se laisser intimider. Alice, Maggie, Jade, Émile, Joël et Zachari retenaient leur respiration, nerveux. Au bout d'un moment, la grande hocha la tête d'un oui subtil. Comme pour dire: « OK… Tu veux jouer à ça… Mais tu vas voir que ces p'tits jeux-là, ça se joue à deux. » Et sans un mot, elle s'en alla en tenant sa sacoche mouillée loin de son corps, suivie de ses copines qui lui chuchotaient des paroles de soutien inconditionnel.

CHAPITRE 6

DE QUESSÉ ?

Il ne fallut pas beaucoup de temps avant que ne se produise un événement étrange.

Au cours de la première semaine, Charles, le prof de français, emmena toute sa classe à la bibliothèque.

— Voilà, je vous ai préparé une chasse aux trésors ! annonça-t-il fièrement. J'vais vous donner un questionnaire, que vous allez devoir remplir. Pour trouver les réponses, vous avez le droit de vous servir de tout ce qu'il y a ici, excepté vos amis, bien entendu.

Joël, déçu, soupira pendant que Meg continuait d'écouter les instructions.

— Vous n'avez pas le droit non plus de fouiller sur Internet. C'est pour cette raison que j'ai fait bloquer l'application « navigation », parce qu'autrement ça serait beaucoup trop facile ! Donc, la seule chose que vous pouvez faire avec les ordinateurs, c'est trouver l'emplacement d'un livre.

Il déposa une feuille devant chaque élève en prenant bien soin de la placer face contre table, afin d'éviter que les premiers à la recevoir prennent une avance injuste sur les autres.

— Vous allez avoir la période pour trouver le maximum de réponses. C'est un travail individuel. Donc je ne veux pas vous entendre parler. Celui qui aura la meilleure note obtiendra 10 % de plus dans son bulletin, et aura congé de devoirs au prochain cours ! Attention, dans trois, deux, un… c'est parti !

Tous s'empressèrent de retourner leur feuille.

Question 1— En quelle année fut construite l'école Chemin-Joseph ?

Zachari savait exactement où trouver cette réponse. Il se rua vers la section spéciale de l'école, en remerciant le ciel de l'avoir mis sur la piste d'Armand Frappet, l'an dernier. En effet, c'est en essayant d'en savoir plus sur cette histoire qu'il avait découvert la rangée où se trouvaient les journaux des finissants et plein d'autres documents relatifs à l'histoire de l'édifice.

Réponse : 1824

Question 2— Quelle est la définition du mot « misanthrope » ?

Les dictionnaires se trouvaient à l'avant, près du comptoir de la bibliothécaire.

Réponse : Personne qui aime la solitude, qui fuit ses semblables, qui est d'humeur constamment maussade.

Ha, ha, ha ! Ça devrait s'écrire « Meganthrope » ! observa la petite voix dans la tête de Zach.

Il remit le gros livre en place. Sur la même tablette, il vit un titre qui piqua sa curiosité : *Dictionnaire de la médecine.* Le livre était vieux, racorni. Comme s'il avait traversé cent ans de recherches continues. L'adolescent le sortit pour l'examiner.

C'est bizarre… Qu'est-ce que ça fait dans une bibliothèque d'école secondaire, ça ? Y a personne qui va s'en servir, ici. À moins qu'on ait des cours de médecine en cinquième secondaire, mais même à ça : y prendraient des ouvrages plus neufs ! Pas une vieille affaire de même.

Par curiosité, il fit défiler les pages, les faisant glisser sous la phalange de son pouce en tenant le dictionnaire à moitié ouvert, sans spécialement s'attarder sur ce qui y était écrit. Une odeur de carton moisi s'en échappait. Cette odeur rassurante qui rappelle aux vivants que la terre existait déjà bien avant eux. Un bout de feuille rose passa en vitesse dans le champ de vision de Zach, avant d'être à nouveau recouvert de définitions. Il feuilleta pour revenir en arrière et trouva le mémo, coincé là, attendant qu'on le trouve. Sous la date d'aujourd'hui, une écriture en pattes de mouche disait :

« Tu trouveras la solution sous le F-3. »

L'encre semblait encore fraîche, à peine incrustée dans les pores du papier. À qui s'adressait ce message ? Et surtout : qui l'avait écrit ? Charles passa tout près de lui en le regardant curieusement. Zachari cacha le papier dans sa poche, rangea le vieux livre de médecine et essaya de se concentrer sur le travail, avant que le prof ne l'accuse de tricherie. À la fin du cours, plusieurs réponses manquaient encore sur sa feuille. Peu importe. Il se dépêcha de rejoindre

Meg et Joël, qui se préparaient à quitter la bibliothèque.

— V'nez, on va aller voir les autres, j'ai quelque chose à vous montrer, dit-il.

Personne ne comprit l'énigme du bout de papier.

— F-3? C'est quoi, ça? demanda Émile.

— Pas juste ça! Moi, j'me demande: c'est la solution de quoi? renchérit Zach.

— On dirait un message codé…, fit Alice.

— Ben non, c'est facile! réalisa soudainement Maggie. F-3, c'est quoi, d'après vous?

Ils se tournèrent tous vers elle, l'air hébété.

— Voyons! J'peux pas croire que vous allumez pas! F-3! C'est une des rangées de livres de la bibli!

— Heille, c'est ben trop vrai! s'exclama Joël.

— Est-ce que tu cherchais quelque chose pour le travail que vous faisiez, quand tu l'as trouvé, ce papier-là? demanda Jade.

— Non, je l'ai trouvé par hasard. Pourquoi?

— Ben parce que peut-être que ça faisait partie du jeu. Peut-être que c'est ton prof qui l'avait mis là.

— Non. C'était dans un livre pas rapport que j'ai regardé parce que justement y avait pas rapport.

— Qu'est-ce qu'on attend pour y aller? s'impatienta Meg.

Elle n'eut pas besoin de le demander une deuxième fois. En chemin vers la bibliothèque, ils croisèrent Eugène, qui avait l'air contrarié.

— Heille, Euge, qu'est-ce que tu fais ? lui demanda Zach.

— Je cherche une information pour un travail. Pourquoi ?

— Parce que je pense qu'on est sur une nouvelle mission !

— Quel genre ? demanda le garçon prudemment.

— Montres-y le papier, lança Maggie à Zach.

Ce qu'il fit. Eugène prit la note dans ses mains pour la lire.

— Vous l'avez trouvé où ? demanda-t-il en retournant le mot pour voir si quelque chose apparaissait derrière.

— Dans un super de vieux livre de médecine, pis c'est ça qui est bizarre : me semble que ç'a pas rapport dans une bibliothèque de secondaire, un livre de même, non ? Pis en plus, ça vient juste d'être écrit, r'garde…

— En effet, c'est la date d'aujourd'hui. Êtes-vous allés voir sous le F-3 ?

— Hein ? ! Tu sais c'est où ? fit Joël. Nous autres, ça nous a pris *full* de temps à trouver !

— Pas tant que ça ! répliqua Maggie, offusquée.

— Eh bien… À vrai dire, non… Je comptais sur vous pour me le dire. C'est où au juste ?

Ils lui expliquèrent la théorie de Maggie.

— Ah oui, c'est logique ! leur accorda Eugène. Et… C'est quoi, la solution ? Le savez-vous ?

— Non, c'est ça qu'on se demande, répondit Alice.

— Allons voir, dans ce cas !

La rangée F-3 était tout à fait ordinaire, remplie de romans de toutes sortes, entassés les uns sur les autres. Ils eurent beau regarder partout, tâter chaque tablette, fouiller entre les bouquins, se mettre à quatre pattes pour voir en dessous de la grande étagère de bois massif ; rien ne se dévoila à leurs yeux.

— D'où tu viens, toi ? demanda Meg à Eugène, soudainement.

— Pardon ?

— Ton accent, ça vient d'où ?

— Oh, c'est ma mère… Elle vient d'Europe.

La minifille serra les lèvres en acquiesçant et continua à fouiller. Jade secouait maintenant chaque livre en le tenant par la reliure, dans l'espoir de faire tomber une autre note ou un indice quelconque : rien. À la fin, le groupe commençait à être un peu découragé.

— Merde, lâcha Zach. Ça veut dire quoi, d'abord ?

— Peut-être qu'on n'est pas sur la bonne piste, suggéra Émile.

— Ben oui, mais est-ce qu'y a d'autre chose qui s'appelle F-3 ?

— On est peut-être arrivés trop tard, avança Eugène. Après tout, on ne sait pas à qui il s'adressait, ce message. Peut-être que la personne concernée est déjà venue chercher « la solution »…

— Ben non, fit Joël. Sinon, le papier, y aurait pas été encore dans le livre.

— Ouais… En tout cas, il n'y a rien ici ! répondit l'adolescent en consultant sa montre.

Bon, vous m'excuserez, mais je dois aller chercher mon matériel pour le cours de géographie.

— Hein ? Ben non, on s'en va en histoire ! corrigea Zachari.

— Heurr…, fit l'adolescent avec une moue de déception. C'est pire ! Allez, je te vois tout à l'heure dans ce cas. Laissez-moi savoir si vous avez du nouveau, je vais réfléchir de mon côté.

— OK. Ben à plus tard, dit Zachari, pendant que leur ami s'éloignait d'un pas pressé.

— Y me fait rire, lui ! déclara Jade.

— Comment ça ? demanda Joël.

— Je l'sais pas, y est drôle ! Genre qu'y est super cool, mais en même temps… on dirait qu'y vit sur une autre planète !

— C'est vrai qu'y a souvent l'air perdu, acquiesça Maggie en riant. Mais d'un autre côté, on dirait que c'est ça qui fait qu'y est cool ! On devrait l'inviter plus souvent avec nous.

— C'est vrai, dit Alice.

— Je l'sais pas, mais on en reparlera, parce que j'ai un cours de maths dans cinq minutes pis je veux pas être en retard, répondit Maggie.

Ils se séparèrent, gardant à l'esprit ce casse-tête inachevé.

CHAPITRE 7

OK

Donovan attendait déjà dans la classe quand les élèves entrèrent. Comme d'habitude, ses cheveux étaient parfaitement lissés et son costume semblait tout droit sorti du magasin. Zach s'assit à côté d'Eugène, qui semblait un peu maussade.

— Ça va? s'enquit Zachari.

— Ouais. C'est simplement que je déteste ce cours.

— Tu veux dire le prof, rectifia son ami, avec un sourire complice.

— Mouais…

Pour une raison obscure, l'adolescent n'avait jamais aimé l'enseignant d'histoire. Et le hasard voulait que ce soit justement lui qui leur enseigne pour une deuxième année de suite.

Jessie-Ann rentra, superbe avec ses longs cheveux roux, en regardant la classe de toute sa hauteur.

— Ah non…

— Quoi? demanda Eugène.

— La fille, là. Est super baveuse.

— Ah…

— Tout le monde la trouve belle. Tu la trouves-tu belle, toi?

— Mmm? Euh… j'n'ai jamais porté attention.

— Ben r'garde-la.

— Oui, oui. C'est une jolie fille, laissa-t-il tomber, vaguement désintéressé.

La dernière place disponible se trouvait juste derrière les deux amis. Elle s'y installa un peu à contrecœur, en soupirant.

— Est-ce que t'as trouvé ce que tu cherchais, tantôt? demanda Zach à Eugène, pour changer de sujet.

— Non, pas encore.

— C'est quoi au juste le travail que tu fais?

— Une recherche pour mon cours optionnel.

— En quoi?

— Sciences avancées.

— Ça va, Euge?

— Mais oui, pourquoi? fit ce dernier, agacé qu'on lui pose deux fois la même question.

— Ton nez, y saigne.

— Zut!

— Tu devrais peut-être aller à l'infirmerie, suggéra Zach en lui tendant un mouchoir.

Eugène se leva et rassembla son matériel d'une seule main, avant de quitter le local.

— Y saigne du nez, précisa Zachari au professeur qui fronçait ses gros sourcils en se questionnant.

Puis la cloche annonça le début de la période et ce dernier prit place devant la petite assemblée d'adolescents en souriant. Il se présenta, distribua le plan de cours et expliqua son contenu. Une fois les présentations terminées, il lança :

— Ce que j'aime bien faire, moi, pour débuter un cours, c'est expliquer des choses qui font partie de notre quotidien, en les replaçant dans leur contexte historique. Par exemple : savez-vous d'où vient l'expression « OK » ?

Personne ne le savait.

— Ça nous vient de la guerre ! expliqua le prof. En fait, ce sont les Britanniques qui ont popularisé ça. Ça s'est passé après une grosse bataille navale…

— Ça veut dire quoi, « navale » ? demanda un garçon assis à la première rangée.

— C'est en rapport avec la navigation… Ce qui est arrivé, c'est qu'il y a eu une grosse bataille de bateaux. Une fois que l'armée est rentrée au port, les soldats de la marine britannique se sont mis à vérifier les bateaux, pour compter le nombre de morts dans chacun d'eux. Quand ils en trouvaient, ils l'écrivaient sur la coque… Qui peut me dire c'est quoi la coque d'un bateau ?

— Ah je l'sais ! dit Zachari en levant la main vivement. C'est le dessous ?

— Bravo, Einstein…, chuchota Jessie-Ann, sarcastique.

— Oui, exactement ! fit Donovan, sans remarquer qu'une de ses élèves cherchait le trouble. Donc les Britanniques comptaient les morts, et ils écrivaient le nombre sur la coque des bateaux. Ensuite, juste à côté du chiffre – un, deux, trois, etc. – , ils ajoutaient un K. Ça voulait dire *killed*. Ce qui signifie, en français : « morts ». Ou « tués », pour être plus précis.

Il fit face au tableau et y écrivit : « 3K ».

— Vous voyez ? Ici par exemple, on parlait de trois morts : *three killed*. Et quand il n'y avait pas de morts sur les bateaux, ils écrivaient *zero*…

Il effaça du poing le 3 qu'il venait juste de tracer et, par-dessus, dessina un zéro.

— *Zero killed.*

Au tableau, on pouvait maintenant voir : « 0K ».

— En anglais, continua-t-il, on peut dire *zero*, en prononçant le mot au complet, mais on peut aussi juste dire « O ». Comme la lettre. Ça veut dire la même chose. Donc quand on regardait l'inscription sur la coque du bateau, ce qu'on lisait, c'était : OK ; ce qui voulait dire : *Zero killed*. Et le terme est resté. « OK ».

Toute la classe était ébahie.

— Eh bien ! ! Maintenant qu'on a résolu un grand mystère de la vie, on va commencer le cours !

Ces histoires de morts réveillèrent une idée dans la tête de Zach : Donovan était un prof d'histoire. Il devait bien savoir quelque chose au sujet de ce fameux fantôme dont Joël parlait si souvent. De plus, il avait déjà enseigné dans cette école. Peut-être même qu'il connaissait quelques anecdotes…

— Oui, Zachari ?

— Est-ce que c'est vrai qu'y a un fantôme ici ?

Un petit rire moqueur s'éleva derrière lui. Le professeur devint livide.

— Eh bien… en fait, avant même que l'école devienne un institut scolaire, les gens disaient que la place était hantée. On pourrait en parler longtemps, mais je vous ai préparé plein de trucs à faire aujourd'hui, alors je vais vous laisser faire vos propres recherches.

— Moi j'en ai fait, intervint un garçon du nom de Justin. Y paraît que c'est à cause d'un moine. Frère… Mathieu, qu'y s'appelle…

— D'accord, mais si vous voulez bien, on va continuer le cours, le coupa Donovan, très sérieux.

CHAPITRE 8

LA LÉGENDE DU FRÈRE MATHIEU

Dès qu'il mit le pied dans la maison, Zachari se précipita vers son ordinateur.

— Heille, on dit pus bonjour à sa mère, jeune homme?

— Bonjour, sa mère, jeune homme…

— Veux-tu ben me dire ce qu'y a de si pressant pour que j'aie même pus le droit d'avoir un bec?

— C'est à cause du fantôme…

— Quel fantôme?

— Y paraît qu'y a un fantôme dans l'école, pis y a un gars qui a trouvé une histoire, pis je veux savoir c'est quoi.

— Bon ben dépêche-toi de regarder parce que le souper va bientôt être prêt.

— *Zero killed.*

— Quoi?

— OK.

Linda haussa une épaule avant de retourner à ses casseroles, pendant que son fils tapait fiévreusement les mots « Frère Mathieu » dans la barre de recherche. Une page s'afficha rapidement:

LA LÉGENDE DU FRÈRE MATHIEU

On dit que le Domaine du Père (aujourd'hui l'école Chemin-Joseph) a échappé à la destruction à cause des coûts que les travaux auraient engendrés. Il existe cependant une version différente des faits. La voici.

On raconte qu'en janvier 1912, lorsque l'avis d'expropriation fut cloué sur la grande porte du monastère expliquant que la communauté avait un an pour quitter les lieux, un moine refusa catégoriquement de se plier à cette requête. Pour expliquer sa prise de position, il écrivit une lettre à la ville ; lettre qui aurait d'ailleurs fait partie de la collection du musée, si celui-ci n'avait pas brûlé (nous reviendrons sur l'histoire du musée un peu plus tard)...

Dans cette missive, le frère Mathieu expliquait que la destruction d'un bâtiment de Dieu était un sacrilège condamnable. Selon lui, les endroits où l'on vénère le Seigneur sont des lieux sacrés. S'attaquer au monastère (comme à n'importe quel autre monastère, église ou temple) représente un affront au Père Tout-Puissant. Dans un extrait publié, on pouvait lire : « Demanderiez-vous à Dieu de s'écarter de votre chemin ? »

Il décida donc de se barricader dans le Domaine. Un an plus tard, lorsque les ingénieurs arrivèrent avec leur machinerie lourde, ils ne purent procéder à sa destruction, puisqu'un homme se trouvait à l'intérieur et qu'on ne sacrifie pas une vie humaine simplement pour construire une route.

Plusieurs semaines passèrent sans que les autorités ne sachent quoi faire, ni comment réagir. C'était bien la première fois qu'un saint homme s'opposait de façon aussi rebelle à une loi.

Le problème venait surtout du fait que personne n'osait utiliser la force contre un représentant de l'Église. La ville envoya plusieurs avis, et on alla jusqu'à demander l'aide de la police. Rien n'y fit : le moine refusa de partir.

Après quelques mois, le maire lui-même débarqua au Domaine du Père pour s'entretenir avec le récalcitrant. Celui-ci répéta que, tant qu'il vivrait, son refus de quitter l'endroit serait inébranlable.

Le frère Mathieu était très vieux et malade. Le maire décida donc de repousser son projet de construction. À quoi bon se battre contre un vieil homme qui, de surcroît, n'en avait plus pour longtemps ?

Ce dernier s'éteignit un an plus tard. Sa dernière volonté, écrite de sa main, était que le Domaine du Père « serve pour l'avenir ». Ce qui inspira la célèbre déclaration du maire devant la presse :

« L'avenir est dans le chemin qui nous guide. »

Quarante-huit heures seulement après le décès de l'homme de foi, une entreprise de démolition fit son apparition devant le monastère. Mais avant même que le contremaître ne puisse donner l'ordre de commencer à détruire, il fallut tout arrêter puisqu'on découvrit une fuite de gaz, ce qui rendait le travail risqué.

Dès lors, on commença à murmurer que l'esprit du frère Mathieu protégeait encore les lieux...

Quelques jours plus tard, les hommes revinrent. Une fois de plus, ils tentèrent d'accomplir leur tâche, et une fois de plus, les éléments se jouèrent d'eux, lorsqu'une pluie torrentielle se mit à tomber brusquement. Normalement, le travail aurait dû continuer quand même, mais l'eau fut si abondante que le terrain sembla se liquéfier. En moins de temps qu'il n'en faut pour cligner des yeux, un travailleur glissa dans une flaque de boue et se cogna la tête violemment contre une pelle mécanique. Le négligent n'avait pas encore mis son casque, et il se retrouva à l'hôpital. On repoussa encore le début des travaux.

À partir de ce jour, la rumeur d'un fantôme protecteur devint un sujet de discussion dans toutes les maisons. Et

bientôt, le village entier ne parlait plus
que du Domaine hanté du Père.
À la troisième tentative, le contremaître fit
une crise cardiaque et mourut subitement
au beau milieu de ses hommes. Une peur
panique gagna tout le monde et c'est à
partir de ce moment que les travailleurs
refusèrent définitivement d'aller plus loin
dans ce projet de démolition.

C'est ainsi que la ville décida de dévier
la trajectoire de la fameuse route, qu'on
appelle aujourd'hui : «Chemin de la
Providence», pour des raisons évidentes !
Comme on le sait, le monastère resta
vide pendant une cinquantaine d'années,
jusqu'à ce que la décision fût prise
de rénover les lieux (en respectant
la structure d'origine et l'aspect
historique, afin de ne pas offusquer le
potentiel fantôme), pour en faire un
musée historique. Tout se déroula sans
anicroche, jusqu'à la veille de l'ouverture.
Un feu prit naissance dans la salle de
démonstration et emporta toute une
section du monastère. Mystérieusement,
les seuls objets ravagés par les flammes
furent ceux qui n'appartenaient pas à la
communauté des Frères de Dieu. Tout le
reste – les créations artistiques d'anciens
villageois, le mobilier d'époque, les
photos d'archives, et même une voiture

de modèle ancien –, s'envola en cendres poussiéreuses et en fumée.

Quand on connaît ces détails, peut-on encore douter de l'existence d'un fantôme? Sceptiques, laissez-moi porter à votre attention quelques faits vérifiables.

• Le 17 février 1987*, un professeur a disparu sans laisser de traces.

• Depuis le 17 mai 1978* (date de l'inauguration de l'école Beauchemin ET jour anniversaire du décès du frère Mathieu), une lumière s'allume toutes les nuits à minuit, dans l'aile C de l'édifice, à l'étage principal.

* Observez les chiffres! Les dates sont les mêmes (le 17), et les chiffres sont aussi les mêmes pour les années, mais dans un ordre différent! (1, 9, 8 et 7) Pensez-vous vraiment qu'il s'agit d'un hasard? De plus, notez les mois: février et mai, qui commencent respectivement par les lettres F et M. Où ailleurs peut-on trouver ces deux lettres? Demandez au frère Mathieu... Ajoutez à cela toutes les histoires rapportées au fil du temps, et il est certain que vous pourriez trouver d'autres liens avec le frère Mathieu. Les gens plus terre à terre diront toujours qu'il s'agit de fabulation, mais, à n'en pas douter, une énergie particulière flotte autour

de l'ancien Domaine du Père... C'est maintenant à vous de décider ce que VOUS en pensez!

Commentaires

— MiMiSoLeiL
ChUi SûR Ke C VrAi!!! L'oT JoUr j'aRRivE a ma CasE pi mOn KaDnA éTaiT mm Po Boré! MaiS GeNre Ke jE lE lAissE jAmAiS D-Boré!!!!

— Chantal
Quand j'étais plus jeune et que j'allais à cette école, un jour, un prof nous a parlé de cette histoire de fantôme. Il disait avoir déjà entendu des bruits étranges alors qu'il travaillait plus tard un soir.

— Miguel
VOIR KE ÇA SPEU DÉ ZAFAIRE DE MM! VOUS DITE NIMPORTE KOI GAGNE DE CAVE!

— Monsieur V
J'enseigne dans cette école et je peux confirmer l'histoire de la lumière. J'avais oublié un document important et j'ai dû revenir tard dans la nuit. Heureusement, le concierge était encore sur place et m'a fait la gentillesse de m'attendre avant de fermer à clé jusqu'au lendemin. Nous nous sommes séparés dans le stationnement,

et une fois installé dans mon auto, j'ai vu
le local s'illuminer. Et je peux jurer que
l'école était bien vide...

— J-Lee
Moi, jy crois.

— Paul
Il y a sûrement une explication logique à
chaque incident. Bien sûr, le hasard des
dates est stupéfiant, mais il ne faut pas
tenir pour acquis qu'il s'agit bel et bien d'un
fantôme. Les morts ont autre chose à faire
que d'allumer des lumières en pleine nuit,
ou faire disparaître des gens sans raison!

— Zaralie
Lautre jour, jétais aux toilettes pis la toilette
à coté de moi a fluché tout seule là! jai eu
vrm peur et je suis partie en courant! lol!

— Exterminator94
Moi si j'tais un phantome, j'irais tou l'temps
voir dans le vestière des filles. MDR!
...

Les commentaires continuaient de cette façon
sur deux pages entières. Certains y croyaient,
d'autres non. Zachari était complètement paralysé devant son écran. Et si tout ça était vrai?

CHAPITRE 9

À L'OMBRE DU F—3

— C'est dans l'auditorium.

— Hein? De quoi tu parles? fit Joël.

Meg venait d'apparaître près du casier de Jade. C'était le matin, et les élèves encore endormis commençaient à se diriger vers leur local de classe d'un pas lent.

— F-3. C'est un siège de l'auditorium.

— BEN OUI! s'écria Émile, se souvenant momentanément de leur discussion de la veille.

— My good, c'est tellement vrai! lança Jade, qui saisissait à son tour. J'comprends pas pourquoi on n'y a pas pensé avant!

— C'est *my god*, l'expression, rectifia Meg.

— Ouain, je l'sais. Mais c'est ça qui est cool : y a personne qui dit *my good*! Genre que j'suis la seule au monde!

— T'as-tu déjà entendu parler du gars qui est mort à cause qu'une raie a sauté sur son bateau pis qu'a l'a piqué? demanda Joël. C'est le seul au monde à qui c't'arrivé pis c'est pas si cool que ça.

— Mais… Comment on va faire pour entrer dans l'auditorium? demanda Alice en revenant sur le sujet. Penses-tu qu'on pourrait demander à ton père de nous ouvrir, Mégane ?

— Sinon, y a toujours le concierge, proposa Zachari. Ça serait plus facile, on aurait juste à y dire qu'on a oublié quelque chose.

Tous hésitèrent. L'homme ne leur inspirait rien qui vaille. L'idée de lui demander un service n'emballait personne, en fait. Mais la curiosité l'emporta sur la crainte et ils décidèrent que c'était la meilleure façon de faire.

La période de maths fut amusante. Cybelle enseigna l'algèbre. Compter des chiffres avec des lettres était mélangeant. Mais le défi valait le détour. À chaque équation, Zachari se sentait comme un détective privé, suivant la piste floue d'une enquête compliquée. Lorsqu'il trouvait la réponse, un sentiment de fierté du devoir accompli l'envahissait. Comme un héros après un sauvetage.

Alice, de son côté, se sentait beaucoup moins héroïque. Ses calculs ne menaient nulle part et elle ne comprenait absolument rien.

— J'suis toute mélangée, là ! chuchota-t-elle à son ami aux grosses oreilles. Les chiffres pis les lettres, ça va pas ensemble pantoute ! C'est comme si je me brossais les cheveux avec un poisson !

— J'te l'expliquerai un moment donné, si tu veux.

Les choses se corsèrent à la deuxième période, par contre. Le prof exigea que son groupe ne parle qu'en anglais. Même lorsqu'ils discutaient entre eux. Ce qui coupa l'envie de communiquer à presque tout le monde. Sauf Meg et deux ou trois privilégiés, qui connaissaient déjà les rudiments de la langue. Ce fut donc un cours plutôt silencieux, puisque Meg ne parlait jamais vraiment à qui que ce soit et que les autres n'avaient pas envie de passer pour des bollés. Mark enseignait les conjugaisons, ce jour-là. Le seul verbe que Zach avait envie d'apprendre était *to leave*. S'en aller.

Quand midi sonna, c'est avec soulagement qu'il échappa enfin à cette torture. Jade, Émile, Alice, Maggie et Joël attendaient déjà devant le local du concierge. C'est Meg qui cogna.

— Qu'est-ce qui se passe ? demanda le vieil homme en ouvrant, contrarié qu'on le dérange pendant sa pause.

— On aurait besoin d'aller dans l'auditorium, dit-elle sans plus de cérémonie.

— Pourquoi faire ? demanda-t-il en plissant un œil suspicieux.

— On a oublié quelque chose.

— Pis vous avez besoin d'être sept pour aller le chercher, c'te quelque chose-là ?

— Ben… pas nécessairement, intervint Émile. Ça peut être juste un de nous autres qui y va.

L'homme au visage violacé respira profondément et sortit. En chemin, Zach fit signe aux autres qu'il était celui qui irait voir.

L'auditorium était calme. Les lumières s'allumèrent en vibrant, pendant que le jeune homme descendait l'allée pour la première fois. Le regard du concierge brûlait dans son dos, à mesure qu'il scannait nerveusement les rangées. Se repérer dans un endroit qu'on n'a jamais visité est toujours un peu difficile.

— C'est plus loin, lui lança soudainement l'homme inquiétant.

Le garçon se retourna d'un bloc pour faire face à la voix qui venait tout juste de le guider. Ce n'est qu'après trois grandes secondes de malaise qu'il osa enfin demander :

— Comment vous l'savez, où j'veux aller ?

— C'est facile. Tu cherches la solution. Mais tu la trouveras pas : est pus là.

— Qu… Comment vous le savez ? demanda Zach, de plus en plus effrayé.

— Parce que j'sais toute !

La cloche se fit entendre et les amis voulurent savoir ce qui s'était passé avant d'aller en classe.

— Y l'savait ! J'ai pas le temps de vous expliquer ; vous irez sur le site en arrivant chez vous !

CHAPITRE 10

RÉUNION AU SOMMET

* Olfacman vient de se connecter

• Wizzard13 dit:
OK on é tout la, C koi laffaire ak le consierge ! ?

• LaFée♥ dit:
Ouain, j'comprends pas, y t'a DIT où aller sans que tu y ailles demandé ! ! ! ! ! ! ! ! ! ! ? ?

• Zach dit:
Oui ! ! Je le c pas comment y a faite pour savoir ! moi y comance vraimant à me faire peur !

• Wizzard13 dit:
Kantess vous alé mcroire kan j'dis ki lit din pensé !

• Alice dit:
Moi j'ai réfléchis, pis j'ai pensé à quelque chose: peut-être que c'est lui qui l'a écrit, le bout de papier.

• Jadistounette dit:
Oui mais c'était pour ki ?

• Olfacman dit:
Ça je pense qu'on le saurât jamais

• Zach dit:

Fak qu'est-ce qu'on fait?

• LaFée♥ dit:

Ben y a pas grand chose à faire, d'après moi. On est comme dans une impasse, parce que le concierge nous dira jamais rien, pis on sait pas à qui ça s'adressait.

• Jadistounette dit:

Je me demande vrm c'était koi, l'affaire de la solution, en tout kas.

• Wizzard13 dit:

P-ê ki a fait exprè aussi

• Olfacman dit:

Qu'est-ce tu veux dire?

• Wizzard13 dit:

p-ê ki a mis le papier là exprè pour kon le trouve pis ki nous fasse k-poter en nous disant ki savait c koi kon cherchait

• Zach dit:

Ça m'éttonerait. Aurait fallu qui sache que mon prof allait nous ammenner à bibli, pis que moi j'allais avoir besoin de regarder dans le dictionnaire. Pis que le livre de médecine allait m'intriguez. Ça comence à faire beaucoup, là.

• LaFée♥ dit:

Non, c'est vrai, ça pas d'allure.

• Jadistounette dit:

Ouais ben on le saura jamais.

• Zach dit:

Ça change rien au faite qu'y est bizard!

• LaFée♥ dit:

C'est vrai, ça.

• Jadistounette dit :

Peut-être ke c'est pas lui, aussi. Ça avait
l'air d'une réponse d'examen, ce ki était
ékrit sur le papier. «La solution», ça veut
dire une réponse. Pis F-3 c'est peut-être
de l'algèbre. Peut-être ke le koncierge était
là kand la personne l'a ékrit, pis ki l'a vu
le kacher dans le diktionnaire pis ke c'est
pour ça ki le sait.

• Olfacman dit :

Mais même a ça, comment y aurait pue
savoir que c'était ÇA qu'on cherchaient à
l'oditoriom ?

• Wizzard13 dit :

Jvous lé DIT : y lit dins pensé ! ! ! ! !

• Jadistounette dit :

Ben p-ê ki t'a vu le trouver.

• LaFée♥ dit :

Est-ce qu'y était là, quand tu l'as trouvé,
Zach ?

• Zach dit :

J'ai pas remarquez.

• Olfacman dit :

OU : y aurait entendu Meg parler de
l'oditoriom dans le coridore ?

• LaFée♥ dit :

OK, ça me gosse trop : Émile, «auditorium»,
ça s'écrit avec un U !

• Olfacman dit :

Meg, t'as-tu parlez de l'oditoRIUM quand
qu'on était dans le coridore ?

• LaFée♥ dit :

DEUX U, Émile !

• Olfacman dit :

OditoriUUm ?

• LaFée♥ dit :

NON !

• Jadistounette dit :

Arrête Maggie, Émile y te niaise. Mais ça
se pourrait, ça, par exemple ! Peut-être ki
a entendu notre konversation pis ki veut
juste nous faire peur !

• BuRnInG ArRoW dit :

Je l'ai vu passer pendant que j'en parlais.

• Zach dit :

Ah ben c'est sur que c'est ça d'abors

• Olfacman dit :

Oui, j'pense que c'est ça

• Wizzard13 dit :

OU : y fait de la T-lépati !

• Olfacman dit :

Arrête Jo, y a personne ki lit dins pensers !

• Wizzard13 dit :

Tu le C po. Ça tarrive jamais de dire qqc en
mme temp que qq1 ?

• Olfacman dit :

Oui, mais ça pas rappors avec lire dins
pensers !

• Wizzard13 dit :

Moi jpense ke oui. stune forme de T-lépati

• Alice dit :

Moi j'pense que ça se peut.

• Jadistounette dit :

Ma mère m'appelle, faut ke j'aille manger

• LaFée♥ dit :
On se voit demain gang !
• Zach dit :
Ok, bye !
• Wizzard13 dit :
Bye pi lisez po ds mes pensé a soir ! lol
• Olfacman dit :
Lol bye
* LaFée♥ s'est déconnecté
* Jadistounette s'est déconnecté
* Wizzard13 s'est déconnecté
* Olfacman s'est déconnecté
* Zach s'est déconnecté
* Alice s'est déconnecté
* BuRnInG ArRoW s'est déconnecté

CHAPITRE 11

LE GRAND PROJET DE MICHEL

C'était un matin difficile. Sans qu'on ne puisse l'expliquer, il régnait dans l'école une sorte de fatigue collective. Les astres étaient peut-être mal alignés, ou il s'agissait tout simplement de la grisaille extérieure, mais tout le monde semblait coincé dans une sorte d'endormissement chronique. On ne parlait pas beaucoup dans les corridors. Les pieds se traînaient lourdement sur les planchers.

Émile et Zach commençaient en éducation physique.

— Bon! Étant donné que la plupart d'entre vous avez l'air en pleine forme, dit Michel, on va commencer tout de suite avec cinq minutes de jogging! Allez, c'est parti!

L'air était frais dans le vieux gymnase. Courir allait réchauffer les corps. Le prof siffla et tout le monde se leva sans trop se presser. Les deux garçons s'élancèrent à la même cadence.

— Facile, facile…, se plaignit Émile. Ça aurait été facile si on avait fait de la relaxation!

— Ouais… mais Michel y est toujours sarcastique, tu devrais le savoir!

— Je l'sais ben. Une chance que j'aime ça courir.

— Si t'aimes ça, pourquoi tu chiales, d'abord?

Ils continuèrent à discuter pendant tout le temps de la course. Après seulement deux tours de piste, une fille s'arrêta, déjà épuisée.

— On continue à marcher, Gaëlle! l'encouragea l'enseignant. J'veux voir personne s'arrêter! On marche, on marche, on marche!!!

Quatre minutes passèrent encore et d'autres élèves abandonnèrent en cours de route. À la fin, ceux qui avaient persisté calculèrent leur pouls en ralentissant la cadence et s'assirent finalement pour d'autres instructions.

— Cette année, on a décidé de faire quelque chose de spécial, annonça Michel. C'est pour ça qu'on est en train de vous organiser des olympiades! Ça va durer une semaine. Ceux qui veulent s'inscrire vont devoir me donner leur nom. Pour que vous puissiez vous préparer, les gymnases vont être ouverts tous les midis, jusqu'à temps que ça commence. Est-ce qu'y a des questions?

Un garçon leva la main.

— Oui, Achile?

— Y va-tu y avoir des médailles?

— Oui! À la fin de la semaine, ceux qui auront cumulé les meilleurs résultats remporteront une médaille. Et parmi les vainqueurs, le garçon et la fille qui auront gagné l'or vont aussi se mériter une paire de billets pour un match du Canadien à Montréal. Et ils auront la chance de rencontrer les joueurs en personne!

Tous les élèves s'exclamèrent en même temps.

— Ça va être quoi les catégories?

— Y va y avoir des épreuves en course, en natation, en saut, en sport d'équipe, en connaissances générales…

— Hein? En connaissances générales? C'est quoi le rapport avec le sport? demanda Gaëlle.

— Le rapport, c'est que ça prend «un esprit sain dans un corps sain». Le physique et le mental travaillent ensemble. Y faut jamais en négliger un au profit de l'autre. Et j'avais pas fini: y va aussi y avoir une épreuve en danse.

— En danse?! s'exclama Achile, incrédule.

— Absolument! Pourquoi?

— Ben oui, mais les gars, eux-autres?

— Comment, «les gars»?! Es-tu en train de me dire que les gars sont pas capables de danser?

— Ben… Non… C'est juste que la danse, c'est une affaire de filles.

— La danse, c'est une affaire de *corps*! Y faut être aussi en forme pour danser que pour jouer au soccer, tu sauras!

Personne ne trouva quoi que ce soit à répondre à cet argument. Émile leva sa main une deuxième fois.

— Pour la danse, on a-tu le droit de se mettre en équipe?

— Vous pouvez vous mettre en équipe avec qui vous voulez dans n'importe quelle catégorie, sauf pour les épreuves qui se font tout seul, comme le saut en longueur, par exemple. Par contre, ceux qui ne sont pas inscrits aux olympiades ne peuvent pas ramasser des points et espérer avoir une chance de remporter une médaille. Ces personnes-là vont faire partie de l'équipe à titre d'aidants seulement.

Une fois la période de questions terminée et les règlements expliqués, Michel annonça que la première partie du cours servirait à s'entraîner en vue des olympiades.

— Pis si on n'a pas l'intention de s'inscrire, on fait quoi? demanda Gaëlle.

— La bonne nouvelle, c'est que je m'en fous pis que vous allez le faire quand même! répondit le prof.

Ils commencèrent par les redressements assis, question de faire travailler les abdominaux. Zach en fit 25, et Émile, 27. Les deux amis, qui adoraient se faire compétition, eurent un malin plaisir à évaluer leurs compétences. Ces olympiades promettaient d'être excitantes.

— OK, fit Michel au bout de trente minutes. Tout à l'heure, j'ai parlé de sports d'équipe. Pendant la semaine, une des épreuves va être le ballon chasseur. Fait qu'on va jouer pour que tout le monde connaisse bien les règlements. Je veux deux chefs d'équipe. Tout de suite!

Des mains se levèrent un peu partout. Une fille sportive du nom d'Audré fut désignée, ainsi qu'Émile. Toute la classe se sépara en deux groupes. Émile s'entoura évidemment de Zach, ainsi que d'Achile. Gaëlle fut la dernière à être choisie. Personne ne voulait d'elle, qui se sentit soudainement comme un vieux sac de poubelles passées date. C'est finalement l'équipe d'Émile qui en hérita.

— Bon! lança ce dernier. R'gardez comment on va faire: Achile, Zach pis moi, on va être en avant. Vous deux: sur le côté à droite, pis vous deux: à gauche. Gaëlle, Antoine pis Zaralie: en arrière. Le reste, vous vous placez au milieu. OK?

L'idée était de protéger les plus faibles en les plaçant au fond du terrain. De cette façon, on garderait un maximum de joueurs sur le plancher le plus longtemps possible. L'autre équipe comptait quand même des athlètes de taille. Et parmi eux, Romann. Il venait tout juste d'être repêché dans l'équipe de football de l'école. Non seulement il était un peu plus grand que la moyenne, mais il savait aussi se déplacer rapidement sur une ligne latérale pour faire des feintes, en plus de lancer et d'attraper comme un véritable champion.

Il y avait donc une certaine fébrilité dans l'air quand le jeu commença. Le but était simple: éliminer les adversaires en faisant rebondir le ballon sur eux sans qu'ils réussissent à le saisir.

Une ronde de « roche-papier-ciseaux » détermina que l'équipe d'Émile serait le groupe partant. Zach eut l'honneur de lancer le premier et réussit à sortir une fille immédiatement. Celle-ci retourna au banc, déçue. Audré récupéra le chasseur et le projeta de toutes ses forces contre Achile, qui l'attrapa en plein ventre et passa tout près de tomber par terre. Heureux d'être encore debout, il prit son élan et catapulta le projectile vers celle qui venait de s'en prendre à lui. C'est alors que Romann bondit devant et intercepta le ballon, puis le relança de ses bras puissants vers l'adolescent, qui fit un grand saut de côté. Émile, juste derrière, n'eut pas le temps de s'écarter de la trajectoire et fut frappé en plein visage. Un grand cri de victoire s'éleva de l'autre côté, pendant que le capitaine se retirait en bougonnant, humilié.

Les hostilités continuèrent durant plus de dix minutes. Un à un, les élèves se faisaient sortir par leurs compagnons de classe. Rapidement, il ne resta plus qu'Achile, Zach, Gaëlle et un dénommé Léo d'un côté ; et de l'autre, Audré, Romann, plus trois garçons.

Les affaires se corsaient. Achile fut le suivant à être expulsé. On l'atteignit à la jambe d'un tir savamment exécuté. Zach eut raison d'un des joueurs dans l'autre camp et fut retiré tout de suite après par une Audré vengeresse qui n'appréciait pas qu'on réduise ses effectifs.

À la surprise générale, il ne resta bientôt plus que Gaëlle sur le terrain, toute seule contre Romann et sa capitaine. La survivante s'empara du ballon et pointa sa rivale du doigt. Elle fit mine de lancer, mais interrompit son mouvement en stoppant le chasseur de son autre main. Audré ne comprit pas tout de suite qu'il s'agissait d'une feinte et sauta de côté pour éviter le coup. Profitant du fait que son opposante était déstabilisée, Gaëlle n'attendit pas une seconde de plus et lança pour de bon. L'autre, prise entre deux déplacements, fut trop lente à réagir et fut frappée de plein fouet.

Depuis le banc, l'équipe d'Émile hurla de joie. Tous étaient ahuris par la performance de leur joueuse. Jamais ils ne s'étaient attendus à la voir encore debout comme une conquérante : ses aptitudes physiques étaient tellement mauvaises, d'habitude ! De toute évidence, on l'avait beaucoup sous-estimée.

La vérité est que tous les êtres humains ont un sport dans lequel ils excellent. Qu'il s'agisse de natation, de basket-ball, de pétanque, de patinage ou encore d'un art du cirque, chacun possède un talent particulier dans une activité précise, peu importe son âge, son physique, ses conditions de santé ou son sexe. Dans le cas de Gaëlle, par exemple, sa capacité cardiaque ne lui permettait pas de tenir une course très longtemps. Par contre, elle était dotée d'une agilité incroyable, ce qui faisait d'elle une redoutable adversaire au ballon chasseur.

Après un enlevant face-à-face, Romann eut néanmoins raison d'elle. Fier de sa victoire, il leva les deux bras au-dessus de sa tête, au milieu des exclamations de son équipe. Quant à Émile, à Zach et aux autres, ils félicitèrent leur équipière à grand renfort de tapes dans le dos et de bons mots. Un nouveau respect s'était installé vis-à-vis d'elle. La prochaine fois, on la choisirait en premier pour faire partie de l'équipe.

Quand la cloche sonna la fin du cours, tous les élèves s'en allèrent en ne pensant qu'à une chose : les olympiades. Qu'on veuille ou non y participer, cette semaine-là serait tout un événement au sein de l'école.

CHAPITRE 12

PRÉPARATION

Le début des jeux fut fixé au 15 décembre. D'ici là, les athlètes avaient un mois et demi pour se préparer, autant physiquement que mentalement. Une cérémonie de clôture était également prévue, pour la remise des médailles. Puisque la fin de cette semaine sportive marquait également le début des vacances de Noël, on prévoyait une grande fête.

Quand Zach et Émile annoncèrent leur volonté de s'inscrire, les cinq autres amis mirent tout en œuvre pour les aider. Maggie prit immédiatement les commandes de leur régime alimentaire.

— OK, les gars! Y disent que les sportifs devraient manger moins de viande, pis plus de poisson pis d'œufs.

— Ark, du poisson! fit Zach.

— Ark, des œufs, ajouta Émile.

— Ark, manger! fit Joël, pas du tout sérieux.

— Arrêtez! Le saumon pis les œufs, c'est super bon, lança Jade. Pis si vous voulez être vraiment en pleine forme pour gagner, va falloir que vous en mangiez!

Si Jade disait qu'il devait manger du poisson, Zachari était prêt à ne manger que des produits de la mer jusqu'à la fin de ses jours[5].

— Heille, pour les supporter, on pourrait suivre le même régime toute la gang! proposa Maggie.

— Ah oui! Bonne idée! la seconda Alice timidement. Ça va être drôle!

— Euh… non. Ça va pas être *drôle*, rectifia Joël. Un *clown*, c'est drôle; ma *grand-mère qui joue au Xbox*, c'est drôle; un *chien qui se fait faire le saut tout seul en pétant*, c'est drôle. Mais suivre un régime, ç'a jamais été drôle!

— Arrête, là! dit Jade. Tu vas voir, ça va être super facile! C'est pas un mois ou deux sans manger de cochonneries qui va nous tuer!

— … Ouain, ben vous pourrez pas m'empêcher d'en manger chez nous…, marmonna l'adolescent blond, plus pour lui-même que pour se faire entendre.

— Les féculents aussi, c'est très bon pour vous, continua Maggie.

— Des fécu-quoi?! fit Zach.

— Des « fécu-LENTS »: des pâtes, du pain, des céréales, des patates, ce genre de choses-là. Ça donne beaucoup d'énergie, y paraît.

— Moi j'aime mieux les fécu-vite…, lança Joël, visiblement fier de sa blague.

---

5. En espérant que ses jours finissent en même temps que les olympiades. (NDA)

Il se proposa pour prendre en note tous les résultats des entraînements. Il allait aussi faire le suivi des améliorations.

Jade, Alice et Maggie promirent d'être présentes tous les midis pour encourager Zach et Émile. Meg ne s'offrit pour aucune tâche, mais tous savaient d'avance que son engagement consisterait à insulter les garçons en leur répétant qu'ils sont des sales paresseux qui ne méritent pas de vivre, ce qui leur donnerait inévitablement le goût de travailler plus fort.

La mère de Zachari fut transportée d'apprendre que son fils allait participer à cette activité. Elle lui acheta un nouvel ensemble d'éducation physique ainsi qu'une magnifique gourde, et lui promit de suivre les conseils alimentaires de Maggie à la lettre.

Une semaine après l'annonce des olympiades, les noms des candidats apparurent sur le babillard principal de l'école. Seulement dix élèves de deuxième secondaire s'étaient inscrits. Outre Émile et Zachari, on trouvait Audré, Romann, Achile et cinq personnes d'un autre groupe. En tout, cent cinquante personnes allaient se battre pour l'or en espérant aussi remporter la paire de billets pour le match du Canadien.

L'entraînement se révéla plus difficile qu'ils ne le pensaient tous. Un mardi, Joël demanda à Alice de prendre les notes à sa place et il disparut tout l'après-midi. À son retour, il était anxieux.

— J'suis allé regarder ceux qui sont dans l'autre gymnase, pour voir comment ça se passait de leur bord. Ça va pas ben pantoute ! En course, y a un gars qui a fait un tour en 23,7 secondes ! Nous autres, notre meilleur temps, c'est 30,2 ! Pis ça, c'est juste quand Meg court en arrière des gars en criant qu'a va leur faire boire de l'acide si y se grouillent pas !

Cette révélation provoqua une onde de choc sur le moral du groupe. Ils réalisaient que le seul fait de terminer l'épreuve ne suffirait pas à les faire gagner : il fallait aussi se surpasser. À partir de ce moment, ils redoublèrent d'efforts, allant parfois jusqu'à faire quelques pompes à la maison le soir.

Le problème était qu'ils ne pouvaient pas concentrer toutes leurs énergies sur une seule discipline à la fois. Il restait encore ce concours de connaissances générales à préparer, sans compter la chorégraphie qu'on devait monter.

— J'sais pas danser, moi ! se plaignit Émile pendant un dîner.

— Moi non plus, confia Zach.

— J'vais m'en occuper, de votre maudite chorégraphie, annonça Meg.

— Heu… hein ? fit Émile.

CHAPITRE 13

EN SIGNE DE DÉTRESSE ON BRANLE UN PEU LES FESSES

— Meg, je veux pas t'insulter, mais… tu sais-tu danser pour vrai? demanda Émile.

— Ferme-la. Réchauffez-vous.

Aucun des amis n'avait osé se soulever contre l'idée lorsque la minifille s'était imposée comme chorégraphe. Mais personne n'avait jamais envisagé qu'elle sache seulement lever la jambe ou tenir un tempo. Dans la tête de tout le monde, Meg ne pouvait faire que deux choses: se battre et insulter les gens. Malgré tout, elle s'enferma dans un local avec ses apprentis et en refusa l'accès à quiconque voulait entrer. Même Jade, Maggie, Alice et Joël durent rester à l'extérieur. Ce qui ne fit pas leur bonheur, mais aucun d'eux ne prononça un mot.

C'est ainsi que du haut de ses quelques centimètres, elle entraîna les deux garçons dans un réchauffement hallucinant, dénouant chaque articulation et s'attardant sur chaque muscle en l'étirant bien. Ce n'est qu'après vingt minutes que le vrai travail commença.

— Suivez-moi. Attention: un, deux, trois, quatre, NON! Zed, t'es mou! Tends-les, tes bras, grosse larve! Émile, tu danses-tu ou tu fais une crise d'épilepsie?! Parce que c'pas clair!

Sans s'arrêter, elle asticota les garçons, les faisant sauter, tourner, virevolter. Émile et Zach n'avaient jamais appris à danser. Tous deux étaient criblés de raideurs, ne sachant ni plier les genoux ni bouger les hanches. Ils ressemblaient à des girafes qui essayent de voler[6]. Et il ne restait qu'un mois avant le début des olympiades.

La seule façon d'arriver à leur donner un semblant de crédibilité était de s'exercer tous les jours. Mais pour ce faire, il fallait prendre du temps sur les autres entraînements.

Ainsi, un soir après les cours, Meg se pointa au casier de Zach et lui dit :

— Viens. On pratique.

— Mais, mais… Mon autobus ?

— Mon père va aller vous reconduire. Y est où, Émile ?

Jacques accepta chaleureusement de rendre ce service au trio d'amis. Il devait bien sûr remodeler son horaire en conséquence, mais sa fille ne lui demandait jamais rien habituellement. Cette requête démontrait que quelque chose

---

6. Ce qui n'est pas gracieux du tout ! En fait, c'est tellement laid, une girafe qui essaye de voler, qu'en 1754, le Comité des Animaux Aériens (CAA) s'est réuni et a décidé d'interdire aux girafes de voler. Et c'est depuis ce jour qu'elles n'essaient plus. Sinon, y aurait des girafes partout dans le ciel à longueur de journée, et ça, personne a envie de vivre ça. Parce que c'est déjà pas drôle quand on reçoit une crotte de mouette sur l'épaule, alors imaginez celle d'une girafe… (NDA)

dans sa personnalité se transformait. Reprenait vie. Elle s'ouvrait aux gens. Laissait s'entrouvrir un peu cette carapace impénétrable qui l'isolait de la société, depuis le terrible jour où sa petite existence l'avait cruellement déçue…

CHAPITRE 14

COMME UN RÊVE

La nuit que Zachari venait de passer pouvait facilement s'inscrire dans sa liste des pires dodos à vie. Pour une raison indéfinie, il avait fait toutes sortes de cauchemars et s'était par la suite réveillé pour ne se rendormir qu'à trois heures du matin. Il n'arrêtait pas de penser à tout ce qui se passait à l'école : les olympiades qui débutaient dans quelques jours, la fameuse danse beaucoup trop difficile à son goût, le concierge qui sait tout, le bout de papier trouvé dans le livre de médecine, Jessie-Ann la méchante… Toutes ces pensées tournaient en rond dans sa tête en criant comme une vieille madame qui se fait piquer sa sacoche. Au matin, quand le réveil avait sonné, Zach aurait donné la moitié de sa vie pour rester couché[7]. Il était donc très endormi en arrivant au casier de Jade.

— Sont où, les autres ? demanda-t-il à cette dernière pendant qu'elle ajustait sa barrette en se regardant dans le miroir accroché à l'intérieur de la porte de métal.

---

7.   Ça se donne très mal, une moitié de vie. Y a pas de pogne après ça, pis c'est super dur à emballer. (NDA)

— Maggie pis Alice sont parties chercher les affaires à Alice dans son casier. Les autres, je l'sais pas. Y vont sûrement arr... Qu'est-ce que t'as ?

Elle venait juste d'apercevoir le visage épuisé de son ami.

— Oh, j'ai fait de l'insomnie, j'me sens comme une bibitte écrasée dans un « windsheare ».

— Hahaha ! On dit « windshiELD » !

— Ouain. Ben en tout cas. J'me sens comme ça.

— Hon... pauvre ti-pit !

Elle s'approcha, lui écrasa un bec sur la joue et le serra dans ses bras. Ses cheveux sentaient la noix de coco. Zach dut lutter de toutes ses forces pour ne pas s'évanouir. Un joyeux mélange de tendresse et de malaise l'envahissait, le rendant nerveux, maladroit. Comment réagir à ça ? Lui rendre son accolade ? Mais comment ? En l'enlaçant par la taille ou par les épaules ? Il y alla d'un entre-deux en plaçant une seule main dans le milieu de son dos, en tapotant légèrement. Si seulement ce moment pouvait durer toute la vie[8] !

— Qu'est-ce que vous faites ?

Émile. Quel briseur de moments magiques !

— Ah, rien ! s'exclama Jade en se dégageant. C'est parce que Zach y a genre dormi deux heures cette nuit pis y est brûlé ! J'y donnais de l'énergie !

— Cool. Y est où Joël ?

---

8.   Durée qui serait franchement plus courte si Zach avait donné la moitié de sa vie ce matin-là ! (NDA)

— Je suis dans ton subconscieeeeennnt! dit ce dernier d'une voix grave en arrivant derrière lui.

— T'es con. T'as-tu la feuille, pour le devoir de…

Ils s'éloignèrent ensemble, discutant de cours et de travaux. Zachari regarda Jade. Il ne savait pas quoi dire. Ce fut elle qui brisa le silence de sa voix de fée :

— Bon ben, j'vais y aller. On se voit tantôt?

— Oui… à tantôt !

La belle s'éloigna, le laissant seul avec les papillons dans son ventre. Même eux ne savaient plus comment réagir. Ils semblaient voler dans toutes les directions en même temps, en faisant des face-à-face. Puis la cloche sonna, les papillons s'évaporèrent, et Zach réalisa qu'il allait être en retard.

CHAPITRE 15

L'ESPRIT SPORTIF, ÇA COMPTE!

Décembre arriva enfin, entraînant avec lui la neige et le froid. Les deux derniers mois avaient été très exigeants sur tous les plans. Émile et Zach se croyaient fin prêts à affronter le fameux défi sportif. Un mot du directeur ouvrirait les jeux, avant l'épreuve de natation.

Les deux cours de la matinée furent interminables. La nervosité s'emparait de tout le monde à mesure que l'heure avançait. Quand l'heure du dîner sonna enfin, tous mangèrent en vitesse pour ensuite se rendre à la piscine, où l'on avait installé des gradins supplémentaires pour faire place aux nombreux spectateurs. Ils étaient remplis à pleine capacité. Maggie, Alice, Jade et Meg occupaient une place à la première rangée. Les filles agitaient des pancartes portant en grosses lettres des encouragements pour leurs deux amis. Seul Joël tardait à arriver, sans qu'on sache pourquoi. Meg n'affichait aucune émotion. Comme d'habitude. Son menton s'abaissa lorsque Jacques Létourneau prit la parole.

— Bonjour ! Je suis très heureux de vous voir tous réunis ici, pour la première journée de cette semaine spéciale !

Une salve d'applaudissements chaleureux accueillit cette entrée en matière. Le directeur continua :

— J'aimerais vous rappeler par contre, qu'au-delà des médailles, la plus grande récompense, c'est tout le monde ici qui l'a. Et je parle de votre santé. Y en a beaucoup qui n'ont même pas ne serait-ce que l'occasion d'applaudir leurs amis, parce qu'y sont à l'hôpital en train d'essayer de survivre. Si je vous dis ça, c'est parce que quand vous serez déçus ou fâchés parce que vos résultats sont inférieurs à vos attentes, je veux que vous vous rappeliez que les médailles, ça veut rien dire. Je veux que vous vous rappeliez qu'y a des milliers d'enfants qui refuseraient toutes les médailles du monde si ça leur permettait de marcher, de penser ou de respirer normalement...

— J'ai-tu manqué de quoi ? demanda Joël en s'asseyant.

— Pas grand-chose, répondit Jade. Juste le père à Meg qui faisait un discours sur les enfants malades[9].

— Oui, t'as manqué quelque chose, recti-fia sèchement la fille aux cheveux mauves. T'as

_____

9. Attention : le père de Meg faisait un discours AU SUJET des enfants malades... Il ne faisait pas un discours SUR des enfants malades... Parce que ça serait de très mauvais goût et surtout vraiment niaiseux, de monter sur des enfants malades pour faire un discours. (NDA)

manqué mon père qui faisait un discours sur les enfants malades.

— Heille, j'voulais pas dire que c'était plate, ce que ton père disait, là! se justifia Jade.

— On s'en fout.

— … Bref, conclut le directeur, ce que je veux dire, c'est: ayez du plaisir!

Une autre salve d'applaudissements salua ses paroles. Puis, Michel s'avança et expliqua les règlements avant de déclarer officiellement ouvertes les olympiades.

— Y a quelqu'un qui a essayé d'empêcher Zach de nager! annonça Joël, qui se retenait depuis son arrivée pour lâcher sa grande nouvelle.

— QUOI?! s'exclamèrent Maggie, Jade et Alice d'une seule voix.

— Y est sorti du vestiaire deux minutes pour aller boire de l'eau, pis quand y est revenu, quelqu'un y avait volé son costume dans son sac à dos!

— Qui ça? demanda Jade.

— On le sait pas.

— Mais là, comment y va faire?!

— Émile va faire la course avant lui, pis y va y prêter le sien après.

— Ark, mais c'est pas hygiénique! protesta Alice.

— Ben là, y a pas le choix!

Ce dernier montait justement sur le plot de départ, imité par quatre autres nageurs, dont Achile. Le coup de sifflet retentit dans l'air humide et les garçons se jetèrent à l'eau. Leur ami prit rapidement les devants. Arrivé à l'extrémité du bassin, il fit une culbute sur lui-même et se donna une poussée avec les pieds contre le mur. Achile était juste derrière lui, avec le deuxième meilleur temps. La course fut serrée, mais à la fin, Émile fut premier. Des exclamations s'élevèrent partout autour.

La deuxième course fut remportée par Romann. Grâce à ses grands bras musclés, l'écart se creusa rapidement entre lui et ses adversaires.

Ce fut enfin au tour de Zach de se présenter. Son maillot dégoulinait déjà.

— Haha ! ! ! *Check* la crevette ! se moqua Jessie-Ann depuis son banc.

Alice vit Meg se retourner lentement et essaya automatiquement de freiner son élan de rage :

— On s'en fout, d'elle. De toute façon, si tu sautes dessus, y vont te sortir pis tu vas manquer l'épreuve. C'est pas le temps de te faire suspendre, là. Ça serait juste poche.

La minifille fixa la grande conne sans bouger, mais essaya quand même de faire exploser sa tête par la pensée[10].

Les concurrents se placèrent, dans l'attente du départ. Un garçon anticipa le signal et se jeta dans l'eau avant les autres.

— Faux départ, annonça Michel.

Les nageurs se replacèrent. Le sifflet retentit une fois de plus. On hurlait partout dans

---

10. Ce qui ne fonctionna pas. Évidemment. Parce que c'est très difficile de faire exploser une tête par la pensée. Et en plus, c'est pas gentil. (NDA)

l'assistance sauf sur le banc des amis, inquiets, qui surveillaient silencieusement la course. Le garçon impliqué dans le faux départ passa devant Zachari, qui semblait avoir des difficultés. Lui qui d'ordinaire évoluait si bien dans l'eau paraissait soudain déstabilisé. Quelque chose le dérangeait. Après quelques allers-retours cahoteux, il finit par ne plus suivre du tout le reste de son peloton, terminant dernier sous le regard désolé du reste de sa bande.

— Qu'est-ce qui s'est passé ? ! s'exclama Maggie

— Je l'sais pas, répondit Jade. On dirait qu'y était pas capable d'avancer comme il faut !

Leur ami tenta de s'extirper de la piscine en poussant de ses bras sur le rebord mais, à mi-chemin, se laissa retomber brusquement et emprunta plutôt l'échelle. Sur son visage se lisait une grande contrariété. Ses oreilles étaient rouges de honte et de colère.

Quand la cloche annonça la fin, les cinq membres du groupe allèrent attendre devant le vestiaire.

— Zach, ça va ? demanda Alice quand ce dernier ouvrit la porte.

— Ben oui. C'est juste que le costume était trop grand ! J'arrêtais pas de le perdre pendant que je nageais, pis j'ai failli faire un *show* à tout le monde en sortant de la piscine !

Jessie-Ann profita de ce moment pour apparaître.

— Heille, j'ai entendu dire que t'avais perdu ton maillot ? Ça serait pas lui, par hasard ?

Elle le faisait tourner dans les airs à la manière d'une hélice d'hélicoptère.

— Toi…, grinça Meg, furieuse.

— Heille attends, là, moi je fais juste le ramener, dit la grande échalote avec cette naïveté maligne qu'on lui connaissait si bien. Je l'ai trouvé dans la poubelle, à côté de la porte des vestiaires !

— Laisse, Meg, dit Zach. On n'a pas de preuve que c'est elle, pis de toute façon ça va rien changer.

La rouquine lui lança son vêtement.

— Salut, Émile. Bravo pour ta course… Pis ça te fait bien un maillot de bain ! ajouta-t-elle avant de s'en aller.

Le visage de Jade devint tout rouge.

— GROSSE PUTE ! hurla-t-elle dans le dos de la méchante fille.

Celle-ci se retourna, déposa un bec dans sa main et le souffla dans la direction de celle qui venait de l'insulter.

CHAPITRE 16

CINQ FOIS PASSERA

L'épreuve de connaissances générales allait se dérouler en deux parties. Le mardi, tous les participants furent conviés dans le gymnase pour un examen. Des pupitres y avaient été installés pour l'occasion.

Zachari s'installa à la première place libre. Émile se trouvait à l'autre bout. Les deux garçons se regardèrent un court instant, et Chloé, qui supervisait l'activité, prit la parole.

— Bon après-midi tout le monde, et bienvenue à l'épreuve de connaissances générales. Vous allez avoir seulement trente minutes pour passer à travers l'examen. Les quinze concurrents qui obtiendront les meilleurs résultats seront convoqués pour la deuxième partie de l'épreuve : un quiz devant public, prévu pour demain. Avant de commencer, je veux vous rappeler que c'est pas tout d'avoir des bonnes notes. Il faut aussi savoir respecter les règlements. Aujourd'hui, y en a deux. 1— Lisez les instructions bien comme il faut et SUIVEZ-LES À LA LETTRE. 2— On ne triche pas. Si vous désobéissez à une de ces règles, vous obtiendrez la note zéro. Est-ce qu'y a des questions ?

Pas de questions. La belle prof fit un décompte et tout le monde retourna sa feuille. Zachari inscrivit son nom dans le coin supérieur droit et lut les directives :

INSTRUCTIONS
* Vous devez remplir votre formulaire **à l'encre** seulement.
* Lisez **toutes** les questions <u>avant de commencer à répondre</u>.

Ah, c'est con, rechigna la petite voix dans sa tête. *Pourquoi y faut lire toutes les questions avant de répondre ? Pis pourquoi on n'a pas le droit d'écrire à la mine ? Ç'a pas rapport… En plus, si je me trompe, je pourrai même pas effacer !*

Il décida quand même de respecter les règles. Chloé l'avait demandé. Et désobéir à Chloé représentait un risque que Zachari ne voulait pas courir. Il sortit donc sa plume bleue et commença à lire.

1. *(1 point)* Comment s'appelle le directeur de l'école Chemin-Joseph ?

Une question franchement facile. Mais jamais autant que la suivante :

2. *(1 point)* Combien y a-t-il d'étoiles dans le dessin ci-dessous ?

Il y avait forcément une attrape. Sinon tout le monde passerait en deuxième ronde sans problème! Il recompta plusieurs fois les étoiles et les observa l'une après l'autre pour s'assurer que chacune d'elles comptait bien cinq pointes.

Ben oui. Sont toutes pareilles. C'est vraiment cave! Voyons donc, c'est des questions de maternelle, ça! C'est SÛR qu'y a une attrape, mais c'est quoi? Je la vois pas!

Il reprit quand même sa lecture, se promettant de chercher plus attentivement en y revenant. La suivante fut plus normale. Pour cinq points (ceux-ci semblaient se calculer en fonction du niveau de difficulté), il fallait trouver le nom du grand navigateur ayant découvert l'Amérique[11].

OK, ça je le sais, c'est pas pire...

Au moment où il commençait à lire la deuxième page, une fille se leva et remit son examen, avant de quitter le local.

Quoi? Déjà?! J'veux bien croire que c'est facile, mais moi j'ai même pas commencé à répondre!

Trois autres personnes se levèrent en même temps. Puis, une autre. Cette dernière semblait fâchée. Zachari ne comprenait plus rien à ce qui se passait. Son cœur commençait à pomper de plus en plus vite, comme si une urgence le pressait. Les

---

11. Une question piège! Parce que contrairement à ce que tout le monde pense, ce n'est PAS le lutin des céréales Lucky Charms qui a découvert l'Amérique, mais bien un dénommé Christophe Colomb (le gars qui a les mêmes initiales que Charlie Chaplin). (NDA)

élèves quittaient maintenant par grappes. Tout le monde s'en allait ! Même Émile !!

OK là, arrête de niaiser, pis finis de lire les maudites questions, que tu puisses sacrer ton camp toi avec, sinon tu vas être le dernier, pis tu vas avoir l'air con ! Y est quelle heure, là ? Midi et quarante. Y reste encore 20 minutes. Calme-toi.

Il respira profondément et termina sa lecture. À la toute fin du questionnaire, il était écrit :

« Répondez **seulement** aux questions 3, 8, 11, 17 et 23. Toutes les autres doivent **obligatoirement** demeurer vides. Les traces de liquide correcteur seront considérées comme un non-respect des consignes et entraîneront la note zéro. »

Zach ne put s'empêcher d'éclater de rire. C'était donc ça, l'attrape ! Tous ceux qui venaient de sortir fâchés avaient rempli les parties qu'il ne fallait pas, ce qui signifiait un échec ! Il se félicita de son obéissance, tout en répondant dans les espaces indiqués. Il ne restait plus qu'une quinzaine de personnes n'ayant pas encore terminé.

23. *(5 points)* « Nommez deux pièces de théâtre écrites par William Shakespeare. (Cinq points bonus si vous pouvez en énumérer trois.) »

Hé, merde. J'en connais une, mais… y en a écrit d'autres ?!

Pendant qu'il se tordait le cerveau pour trouver quoi répondre, Chloé quitta son poste d'observation et se dirigea vers un garçon assis un peu plus loin. Sans un mot, elle lui enleva sa feuille, la déchira devant ses yeux et dit d'un ton calme :

— La deuxième règle, Jean-William, c'était : on ne triche pas. Et malheureusement, copier, c'est tricher.

Le fautif essaya de se défendre, sans y parvenir. C'est toujours dur de trouver une bonne excuse quand on a été pris sur le fait.

— C'pas grave, ajouta la belle prof, le plus simplement du monde. Tu te reprendras aux prochaines épreuves, c'est tout.

Jean-William se leva, furieux contre lui-même, et sortit pendant que les derniers participants remettaient le nez dans leur copie.

C'est alors qu'un gros bruit se fit entendre depuis la pièce de rangement du gymnase, faisant sursauter tout le monde. Zachari regarda autour, pour voir s'il était le seul à s'inquiéter. Visiblement non. Chloé alla déverrouiller le loquet pour jeter un coup d'œil prudent à l'intérieur, pendant que ceux qui n'avaient pas terminé l'examen la rejoignaient tour à tour, curieux.

— Y a personne, constata Romann.

— L'étagère est brisée, répondit la prof, incrédule.

— Hein ? Mais ça s'peut pas, fit Zach. Est en métal !

— Je sais bien, mais peut-être que Michel avait empilé trop de matériel dessus et que c'était assez lourd pour la briser. D'une façon ou d'une autre, on peut rien faire, et vous, il vous reste cinq minutes pour terminer, alors à votre place, je retournerais tout de suite à mon pupitre, trancha la prof. J'avertirai le concierge tantôt. Allez, hop, hop !

Zachari écrivit *Roméo et Juliette* en vitesse et ramena sa feuille. Il ne pouvait rien faire de plus. Même en cherchant jusqu'à demain matin, ça ne servait à rien : on ne lui avait jamais parlé des autres pièces de William Shakespeare. Il remit sa feuille en avant, courut rejoindre le reste de sa bande, et leur raconta l'anecdote de l'étagère.

— … Chloé a dit que c'est à cause du stock qui pesait trop lourd, mais t'sais, les seules choses qui étaient dessus, c'est des raquettes de badminton, des ballons en caoutchouc pis des cordes à danser. Pis c'pas lourd, ça !

— Pas juste ça : si ç'avait eu quelque chose à voir avec la pesanteur, me semble que ça l'aurait pliée à place de la péter, non ? ajouta Maggie. C'est du métal, pas du bois !

— T'es certain qu'y avait pas quelqu'un dans la pièce ? demanda Alice.

— Non, y avait personne. De toute façon, c'était barré par dehors.

— Ça veut rien dire, ça ! souleva leur ami blond en riant. Ça t'est déjà arrivé d'être enfermé dans quelque chose de barré par dehors !

Zach détourna le regard. Il se souvenait très bien de l'épisode du casier, survenu l'année précédente. Meg, qui s'en souvenait aussi puisque c'est elle qui l'avait aidé à sortir, rétorqua :

— Heille, tu veux-tu qu'on parle de la fois que tu t'es fait brûler les cheveux pis les sourcils ?

— Hein, ça m'est jamais arrivé ! se défendit le dodu.

— Non, mais ça peut s'arranger si t'arrêtes pas, répondit-elle sèchement.

— J'riais pas de lui! J'riais juste de la situation!

— OK, de toute façon, c'pas grave, là, intervint Jade. C'est pas normal qu'un étagère en métal se brise! C'est ÇA qui est important!

— On dit UNE étagère, la reprit Maggie.

— Un ou une, elle est brisée quand même, pis c'est pas normal!!

— Peut-être que les vis étaient lousses, proposa Émile.

— Non. C'était soudé. J'ai regardé, fit Zach.

— Genre que c't'encore plus louche, fit Jade.

— Allez-vous commencer à me croire, qu'y a un fantôme dans l'école? explosa Joël. Depuis l'année passée que je le dis!

— Ah, tu vas pas recommencer avec ça! fit Émile.

— Qu'est-ce que tu veux que ça soit d'autre?

— OK, ben on en reparlera une autre fois, parce que les cours commencent bientôt, les avertit Maggie.

Ils se séparèrent. Émile et Zach s'en allaient au même endroit.

— Pas trop déçu pour l'examen? fit ce dernier.

— Non, pourquoi?

— Ben… t'es sorti vite, tu dois pas avoir pris le temps de tout lire, pis ben… la dernière instruction c'était comme un piège…

— Ah, non, non! C'parce que je commence toujours mes examens par la fin, moi! Fait que je l'ai su tout de suite, qu'y fallait répondre juste à cinq questions ! J'les ai même pas lues, les autres !

— Ah ouain…

Zachari s'avoua secrètement déçu. Il aurait aimé profiter de cette victoire sur son ami. Pour une fois, il aurait voulu être celui qui prend l'autre de vitesse… Celui que Jade trouve cool d'avoir fait exactement ce qu'il fallait… Celui qui se rend en deuxième ronde avec une chance de plus de gagner une médaille… Mais ça ne voulait pas dire qu'Émile avait correctement répondu à toutes les questions :

— La question sur Shakespeare, t'as-tu répondu, toi ?

— Ben oui, c'était facile ! *Roméo et Juliette*, *Macbeth* pis *Le songe d'une nuit d'été* !

— Hein ?! T'en connais TROIS ?!

— J'en connais ben plus que ça. Ma sœur est en théâtre, pis a nous parle tout le temps de Shakespeare. J'pensais jamais que je serais content de savoir ces niaiseries-là un moment donné !

Non, Zachari ne l'emporterait pas sur son ami, pas à cette épreuve…

CHAPITRE 17

PAS DE FUMÉE SANS FEU

Le lendemain matin, au babillard principal, on pouvait voir la liste des élèves qui allaient participer à la deuxième portion de l'épreuve de connaissances générales. Des élèves se bousculaient devant la feuille pour voir qui en faisait partie. Zachari n'osa même pas s'avancer.

Meg arriva sans s'annoncer, comme d'habitude. Elle se planta à côté de son ami en regardant la foule massée devant eux.

— Pis ? dit-elle.

— Je l'sais pas, j'pas allé voir...

— Pourquoi ?

— J'sais pas. Y a trop de monde.

La minifille soupira avant d'avancer résolument vers les curieux. En jouant des coudes, elle se fraya un chemin jusqu'à la feuille, qu'elle arracha, sous le regard consterné des autres.

— Heille ! C'est quoi ton problème ? lança un garçon.

— Mon problème, c'est tes genoux, répondit Meg du tac au tac. Fait que si tu veux pas que j't'les pète à coups de marteau, sacre-moi patience, pis calme tes nerfs !

Elle revint sans un mot vers son ami, qui sentait ses oreilles rougir lentement.

— J'aurais pu attendre, t'sais, ça pressait pas, chuchota-t-il.

En fait, il ne tenait pas vraiment à savoir si son nom figurait sur la liste. Parce que si la moitié des gens faisait comme Émile et commençait toujours leurs examens par la fin, ça voulait dire que presque tout le monde avait passé le test sans se faire prendre au piège. Et sans la réponse complète à la question de Shakespeare, ses chances à lui devenaient pratiquement nulles.

Il attrapa la feuille d'un geste las et la lut sans grand enthousiasme. Émile y était, bien entendu. Achile aussi. Ainsi qu'Audré. Et Romann. Et à la toute fin : lui.

— T'es dessus, constata Meg.

— Ben oui !

Un sourire se dessina sur son visage et sa respiration s'accéléra d'un cran. Maggie et les autres arrivèrent au même moment, anxieux de savoir.

— On est là ! leur annonça Zachari sans contenir son excitation.

Les filles se mirent à hurler de joie. Joël brandit son poing dans les airs en criant « *YES !* » à pleins poumons. Émile lui tapa dans la main en souriant. Meg reprit la feuille des mains de Zach et alla la raccrocher à son emplacement original, au grand bonheur de tout le monde.

Ce midi-là, la presque totalité de l'école se réunit dans l'auditorium. Les participants, ainsi que les spectateurs intéressés, avaient été invités dans la somptueuse salle de spectacle à l'italienne richement décorée de moulures anciennes et de motifs gravés dans les murs. Les rideaux qui enveloppaient la scène s'ouvraient sur de magnifiques vitraux multicolores, et pour cause : cette pièce servait autrefois de chapelle. À l'entrée, derrière de vieilles vitrines encore intactes, on avait exposé des chapelets, d'anciennes bibles et d'autres objets sacrés datant d'une époque lointaine. Partout, le plancher de bois craquait sous les pieds et l'odeur ne ressemblait à aucune autre dans l'école. L'auditorium sentait les souvenirs oubliés[12].

Sur scène, les quinze concurrents ne pouvaient s'empêcher de grouiller de nervosité. Jessie-Ann était assise à la troisième rangée, sa grande tête dépassant du lot. Elle criait le nom de Romann. Les cinq amis d'Émile et Zach se trouvaient à l'avant, visiblement angoissés. Meg gardait ses bras croisés et s'était mise en mode analytique, surveillant en silence tout ce qui se passait autour. Un joyeux brouhaha emplissait tout l'espace, quand Chloé prit la parole.

— Bienvenue à la deuxième partie de l'épreuve de connaissances générales. Pour commencer, je demanderais aux concurrents d'essayer leur avertisseur sonore, que Fred a eu la générosité de nous construire.

Romann appuya sur son déclencheur et un son de vache résonna dans toute la salle. Le public

---

12. Autrement dit : ça sentait le vieux. (NDA)

s'esclaffa spontanément. Fred s'était, de toute évidence, bien amusé en fabriquant les sonnettes! Vint au tour d'Audré, qui eut droit à un bruit de klaxon. Les sons s'enchaînèrent ainsi, de la goutte d'eau au rot, en passant par le rire d'un bébé. Émile eut droit à un coassement de grenouille, et Zachari, au bruit de pet, ce qui fit hurler de rire toute l'assistance.

— Un bruit de pet pour la face de pet!!! s'écria Jessie-Ann, tout heureuse de faire ce rapprochement stupide.

Ils furent peu nombreux à entendre sa remarque, puisque tout le monde parlait en même temps. Mais Jade fut de ceux qui captèrent sa voix de vipère.

— Une chance que tu participes pas, lui cria-t-elle spontanément par-dessus son épaule. Parce que pour toi, y aurait fallu trouver un bruit de grosse épaisse, pis ça, c'pas facile!

L'autre leva les sourcils d'un air supérieur et laissa échapper un ricanement de mépris. Meg contempla son amie. Derrière son air absent se cachait de la fierté pour cette répartie géniale. Un peu plus et elle lui souriait.

— Bon! reprit la belle prof en essayant de contenir son propre fou rire à la suite des sons farfelus de Fred. Pour commencer, on va demeurer dans la thématique des olympiades, et après on ira vers d'autres catégories de questions. Allons-y. Un sportif doit avoir un régime alimentaire adapté à ses besoins. Quels sont les aliments recommandés pour un athlète?

Émile et Zach s'empressèrent de sonner. Maggie leur avait tellement cassé les oreilles avec le fameux régime qu'ils le connaissaient par cœur.

— Émile, tu as été le plus rapide. Ta réponse?

— Beaucoup de féculents, pis des fruits et des légumes crus. On remplace la viande par du poisson, des noix pis des œufs, pis on coupe le sucre artificiel qui vient pas des fruits. Pis faut boire beaucoup d'eau, répondit-il comme un automate.

— Excelleeeent! J'en demandais pas tant, mais vu que ta réponse est tellement complète, je vais t'accorder cinq points! Bravo! fit la belle enseignante.

Maggie applaudit jusqu'à en avoir mal aux mains. Les garçons s'étaient rappelé. Grâce à elle.

— Deuxième question. Pour deux points: épelez-moi le mot «condoléances».

Tout le monde s'empressa de sonner.

— Zachari. Vas-y.

— C-O-N-D-O-L-É... A-N-C-E.

— Non. Droit de réplique.

Ce fut Audré qui récolta les points.

— Tsss! fit Jessie-Ann. Maudit qu'y est nul! Genre que je le sais depuis que j'ai trois ans que «condoléances» ça prend un S!

Meg remua sur son siège, luttant contre l'irrésistible envie de sauter par-dessus les rangées pour lui frapper le visage sur le dossier d'en avant.

Chloé passa à la question suivante.

— Pour quatre points : comment s'appelait l'école Chemin-Joseph…

Romann et Zach sonnèrent presque en même temps.

— Romann, tu as été le premier.

— École Beauchemin ? essaya le grand garçon.

— Non. Zachari, veux-tu que je répète la question ?

— Euh… oui, s'il vous plaît.

Si « Beauchemin » n'était pas acceptable, il ne savait plus très bien quoi répondre.

— Comment s'appelait l'école Chemin-Joseph au temps où les moines l'utilisaient comme monastère ?

— … Ah, attends, je le sais, ça…

Encore une fois, ses recherches de l'an passé, avec l'histoire d'Armand Frappet, allaient lui servir. Si seulement il réussissait à se rappeler…

— Trente secondes, avertit la belle prof.

— …

— Quinze secondes.

Merde, c'était quoi déjà ?!?!? « Maison de Dieu ». Non. C'était pas une maison, me semble…

— Cinq… quatre… trois… deux…

— DOMAINE DE DI… DU PÈRE ! DOMAINE DU PÈRE !

— Oui ! Bravo !

Assise entre Jade et Joël, Alice laissa échapper une exclamation de soulagement. Ils avaient tous retenu leur souffle durant ces interminables secondes d'hésitation.

— Quatrième question, pour deux points. La fourmi peut transporter jusqu'à : a) cinquante fois son propre poids ; b) huit fois son poids, ou c) mille six cent cinquante fois son poids ?

Une fille s'empressa de faire résonner son avertisseur.

— B— Huit fois son poids ?

— Non. Droit de réplique.

Un garçon de cinquième secondaire donna la bonne réponse[13]. Vingt minutes passèrent encore, durant lesquelles Chloé enfila les questions. Certaines d'entre elles se révélèrent vraiment difficiles. Heureusement, cette fois-ci, il n'y avait pas d'élimination comme à l'examen écrit. Le but était de marquer le plus de points possible, pour qu'à la fin le total de tous leurs résultats soit plus élevé que celui des autres.

— Dernière question maintenant. Pour trois points. Comment appelle-t-on le don qui permet de communiquer avec les gens uniquement par la pensée ?

Émile actionna sa sonnerie en riant aux éclats.

— Émile, on dirait que t'as beaucoup de plaisir avec celle-là. Ta réponse ?

— La TÉLÉPATHIE ! cria-t-il en pointant Joël assis dans la foule.

---

13. La fourmi peut transporter jusqu'à cinquante fois son propre poids. En d'autres mots : la fourmi peut transporter cinquante fourmis en même temps (ou quarante-huit fourmis et demie, plus une fourmi enceinte). Autrement dit, la fourmi est un autobus. (NDA)

Ce dernier leva ses deux poings au-dessus de sa tête en criant :

— Merci, monsieur le concierge ! Ha, ha, ha ! ! !

— Bon, eh bien voilà, c'est ce qui conclut l'exercice de connaissances générales. Zachari, tu termines donc avec treize points, Audré, quinze…

— AU FEUUUUUUU ! ! ! ! ! ! !

Maggie n'avait pas pu s'empêcher de donner l'alerte en voyant de la fumée sortir d'entre les fissures de la scène. Les autres élèves, paniqués, commencèrent automatiquement à se lever et à sortir dans le plus grand désordre, pendant que les concurrents descendaient à toute vitesse dans la salle pour éviter de brûler vifs. Puis quelqu'un déclencha l'alarme. Au son assourdissant de la sonnerie, l'école se vida dans un tourbillon. Les profs et les surveillants avertissaient les élèves de rester calmes pendant que les rangs se formaient sur le terrain à l'extérieur et que Jacques s'entretenait avec les secours sur son cellulaire.

Le concierge, assis par terre, hochait la tête en marmonnant. De tous ceux qui se trouvaient là, il était le seul à ne pas avoir l'air énervé ou inquiet. Il en avait sûrement vu d'autres, depuis le temps…

Cinq minutes plus tard, trois camions de pompiers entraient en trombe dans la cour en faisant hurler leur sirène. Les hommes s'armèrent de leur hache et de leur masque avant d'aller se jeter, tels des héros sans peur, directement dans la gueule fumante du dragon.

Ce n'est qu'une heure plus tard qu'on permit aux élèves de retourner en classe. On leur expliquerait la situation par l'interphone. Tout le danger était écarté. Il restait encore trente minutes à la troisième période, mais le directeur invita tout le monde à se rendre directement au dernier cours, annonçant au passage que la journée finirait plus tôt et que les secrétaires avertiraient leurs parents.

Zachari se retrouva donc dans le cours de technologie, à essayer de concentrer son attention sur Fred.

— Bon! Ben c'est de valeur… Ç'a l'air que les vacances commenceront pas tout de suite, finalement! dit ce dernier sur un ton taquin.

Il lança un clin d'œil à son groupe, qui ricana. Fred avait le don de dédramatiser toutes les situations.

— OK, c'est rare que vous allez m'entendre dire ça, mais aujourd'hui, on va avoir besoin de papiers pis de crayons, enchaîna-t-il, joyeux.

— Oh merde, j'ai oublié mon sac dans l'auditorium, se rappela Zach.

— Ben va le chercher… Pis fais attention de pas prendre en feu!

En chemin vers la salle de spectacle, il passa devant le secrétariat, où le chef des pompiers discutait encore avec Jacques Létourneau.

— C'était pas du feu, disait-il. En fait, c'était même pas de la fumée de feu.

Piqué par la curiosité, Zach s'arrêta, un peu en retrait, pour écouter.

— C'était quoi, d'abord ? demanda le directeur.

— On le sait pas, on n'a pas été capable de trouver. Tout ce que je peux dire c'est que la fumée ressemblait à de la vapeur, mais c'est ça qui est étrange : c'était pas humide comme de la vapeur. C'était sec. En fait, ça ressemblait beaucoup à de la boucane de machine à fumée. Vous savez, le genre qu'on utilise dans les spectacles ? Mais y avait aucune machine de ce genre-là sous la scène. On a vérifié.

— Mais ça venait d'où, dans ce cas-là ?

— On n'a pas réussi à identifier la source. C'était comme si ça venait de nulle part.

— Pardon ?

— Je sais… J'aimerais avoir autre chose à vous dire. Moi-même, je comprends rien.

— Eh bien, euh… Merci… ?

— Plaisir. Si y a autre chose qu'on peut faire, gênez-vous pas.

L'homme quitta le secrétariat sans se rendre compte de la présence de Zachari. Ce dernier n'arrivait pas à croire ce qu'il venait d'entendre. Il DEVAIT en parler aux autres le plus vite possible. Ce soir. Dès le retour de l'école, sur Internet.

— Ah merde ! laissa-t-il échapper en se souvenant soudain d'un détail.

Ce soir, sa mère et lui allaient souper chez la vieille tante Adèle ; une femme d'à peu près deux cent vingt-sept ans qui insistait pour faire la bise à tous ceux qui passaient sa porte et qui, pendant le repas, parlait sans arrêt de ses problèmes de santé, en donnant beaucoup trop de détails[14].

Il serait donc impossible de se connecter ce soir après l'école.

Le site !

Mais bien sûr ! Pourquoi ne pas y avoir pensé plus tôt ? Une sacrée chance que le frère d'Alice leur avait fourni cet outil ! C'était dans une situation exactement comme celle-ci qu'il se révélait utile ! Grâce à lui, Zachari allait pouvoir conter toute l'histoire aux autres sans même leur parler, ni les voir ! Et quel heureux hasard : au moment même où c'était SUPER IMPORTANT d'écrire une information sur leur site secret, la vie voulait qu'il soit dans un cours de technologie, dans lequel on utilise JUSTEMENT des ordinateurs !

Zach poussa la porte de l'auditorium et descendit l'allée rapidement. Pas de temps à perdre : ce message ne s'écrirait pas tout seul. Son sac l'attendait près des coulisses. Il venait de grimper les escaliers menant à la scène lorsqu'il interrompit sa lancée. Il y avait un son qui provenait du dessous. Comme un frottement.

— Allô ?

Le bruit s'arrêta net, puis plus rien.

— Y a-tu quelqu'un ?

Un râle s'éleva doucement jusqu'aux gigantesques oreilles de l'adolescent. Un râle sourd, menaçant, qui gagnait en volume, tout en se

---

14. C'est toujours agréable, quelqu'un qui nous parle de vomi pendant qu'on mange du pâté chinois... (NDA)

dirigeant vers le seul témoin du phénomène, qui commençait à reculer, instinctivement. Puis, des coups se mirent à résonner contre le bois. Et en même temps, un nouveau frottement se fit entendre, comme si quelque chose (qui ne sonnait pas comme un humain) égratignait la scène de l'intérieur. Et tout ça se rapprochait toujours et encore, lentement mais sûrement, comme un léopard s'approche de sa proie avant de fondre dessus et de la dévorer vivante.

Va-t'en, reste pas là! fit avec urgence la voix dans la tête de l'adolescent. Il attrapa son sac à la vitesse d'un atchoum, le cœur voulant lui exploser entre les côtes, et s'enfuit en courant.

Le bruit continuait de se faire entendre à mesure qu'il remontait l'allée sombre, les coups devenant plus rapides, plus insistants, comme s'il s'agissait d'un message : «Ne reviens jamais, sinon…».

Zach commençait à manquer de souffle tellement la terreur remplissait toute sa tête. On aurait dit que la porte de sortie s'éloignait à mesure qu'il avançait, comme dans un cauchemar sordide dans lequel on est coincé, même si on force de tout notre corps pour se réveiller!

Heureusement (ou malheureusement!), ce n'était pas un cauchemar et la porte arriva enfin à portée de main. Il se saisit de la poignée et tira dessus d'un grand coup sec… sans résultat! *La porte était verrouillée de l'extérieur!!!!!*

— AU SECOURS!!!! AU SECOURS!!! AU SECOOOOOOURS!!! hurla-t-il de toutes ses forces en frappant de ses poings et de ses pieds dans l'obstacle qui l'empêchait de fuir.

Le bruit derrière lui s'excita et son tempo devint endiablé. On aurait dit que la chose jubilait de voir l'adolescent se démener dans la panique la plus totale.

— PAPAAAAAAAAA!!!!!!!

Tout s'arrêta d'un seul coup. Plus un son, plus un mouvement. Zachari était accroupi au bas de la porte et se cachait le visage dans ses bras, qu'il serrait jusqu'à l'épuisement autour de ses genoux. Une clé tourna dans la serrure. Le visage du concierge apparut, consterné.

— Quessé tu fais là, toi? demanda ce dernier.

— Mon sac. J'avais oublié… À cause du feu… Je…

Oh, et puis merde. Il se releva, empoigna ses affaires et contourna le vieil homme à la face mauve sans se justifier davantage. Ses oreilles auraient pu forcer une voiture à s'arrêter, tellement elles étaient rouges. De frayeur. D'humiliation. De chagrin… Il avait appelé son père. Ça n'était plus arrivé depuis des lustres. Enfant, Zach appelait toujours son père quand la peur le prenait. Et Marc arrivait à la rescousse, chaque fois, pour le rassurer, le prendre dans ses bras et le consoler. Le protéger.

Ce vieux réflexe lui était revenu spontanément, sans prévenir. Et une fois de plus, après toutes ces années, la douleur de savoir que cette protection ne viendrait plus se fit sentir. Violemment.

CHAPITRE 18

LE CHAT ET LA SOURIS

— Qu'est-ce que t'as ? l'interrogea Meg d'un ton impératif.

Après être passé aux toilettes pour se calmer les nerfs et reprendre ses esprits, Zach l'avait croisée, en chemin vers le même endroit. Tout de suite, elle avait vu que quelque chose n'allait pas.

Il lui raconta son aventure sans négliger aucun détail (sauf la partie où il avait appelé son père). Elle le fixa d'un air totalement neutre. On ne savait pas si cette expression représentait de la surprise, de l'incrédulité ou du «va-t'acheter-un-deux-par-quatre-pis-frappe-toi-avec-gros-mongol». Après plusieurs longues secondes de silence, elle laissa tomber :

— Pis t'es pas allé voir c'était quoi.

Sa phrase sonnait comme un reproche.

— Ben non, fit Zach. J'avais pas envie de tomber face à face avec... j'sais pas quoi !

— Ouain, mais au moins t'AURAIS SU, après, c'était quoi !

— Je l'sais, mais...

— Mais quoi ?

— Mais j'suis pas toi, moi!

— Viens-t'en.

D'un geste autoritaire, elle lui prit la main et l'entraîna vers le secrétariat. Avant même qu'il ne puisse protester, les deux amis se retrouvèrent dans le bureau du directeur.

— Tu peux-tu nous ouvrir la porte de l'auditorium? demanda-t-elle à Jacques, promptement.

— Euh… Pourquoi? fit ce dernier. Et qu'est-ce que vous faites en dehors de votre cours?

— Parce que Zach, y a entendu du bruit en dessous la scène. Pis on veut savoir c'est quoi.

— Mégane…

— Racontes-y! ordonna-t-elle à son ami afin de contrecarrer la protestation du directeur.

Le récit fut détaillé une fois de plus. M. Létourneau fronça les sourcils.

— Et tout ce que tu viens de me raconter là, c'est vrai…? fit-il, suspicieux.

— Oui, j'vous le jure.

— … Bon, OK, mais je viens avec vous.

Ils retournèrent dans la somptueuse salle et Jacques alluma toutes les lumières. Déjà, l'ambiance semblait moins lugubre. Meg se rendit jusqu'au devant de la scène, où elle trouva une trappe, qu'elle ouvrit. En un rien de temps, son petit corps disparut sous les planches. Son père s'infiltra aussi, et Zachari n'eut d'autre choix que de les suivre.

L'endroit était relativement vide. Au bas des trois marches, dans la lumière diffuse qui provenait de la salle, on pouvait distinguer un panneau de décor appuyé au mur du fond, des modules d'éclairage, divers accessoires, et une machine à fumée. Zachari tiqua.

— Heille. C'est pas supposé être ici, ça…

— De quoi tu parles? demanda le directeur.

— Le pompier a dit qu'y avait pas de machine à boucane quand y est venu voir. Pis là y en a une!

— Comment ça se fait que tu sais ce que le pompier a dit?

— Ben… Euh… j'suis passé devant le secrétariat pendant que vous parliez, fait que j'ai un peu entendu la conversation…, avoua-t-il.

— Hmm. Mais c'est vrai. Ça devrait pas être ici… Je ne comprends pas trop.

— C'était peut-être ça que t'entendais, dit Meg. Quelqu'un qui venait la rapporter.

— Ouais… P't'être…

— Bon, eh bien, c'est réglé! conclut Jacques. Ça explique bien des choses: ça veut dire que tout ça était une mauvaise blague. Et en attendant que je trouve de qui il s'agit, vous, vous allez retourner en classe, parce qu'on a déjà assez perdu d'heures de cours pour aujourd'hui! Allez!

Ils ressortirent de l'auditorium et M. Létourneau se dirigea vers son bureau en réfléchissant à toute cette histoire. Les deux amis marchaient d'un pas tranquille vers leur cours respectif, quand Zach déclara:

— Ça marche pas.

— De quoi?

— Ça ! Admettons que les bruits que j'ai entendus, c'était quelqu'un qui venait rapporter la machine à boucane. Ça veut dire que cette personne-là l'aurait aussi *sortie* d'en dessous de la scène avant que les pompiers arrivent… Mais je veux dire…

— … Y aurait pas pu sortir la machine sans que personne le voie…, devina Meg.

— C'est ça ! Y avait du monde partout dans l'école, PIS dans l'auditorium ! On l'aurait su si quelqu'un était sorti d'en dessous de la scène avec une machine à boucane ! On l'aurait VU !

— T'as raison. À moins que ce soit le concierge.

— Non, y était dehors avec nous autres. Tu t'en souviens pas ?

Elle haussa une épaule.

— Pis y a une autre affaire qui marche pas.

— Quoi ?

— Ben c'était quoi le rapport de cacher la machine à boucane ? On s'en fout que les pompiers sachent que la fumée venait d'là. L'important, c'était surtout qu'y trouvent pas c'est QUI qui a fait ça…

— Mmm.

— Meg ?

— Quoi ?

— Tu penses-tu que ça se peut, ce que Joël y dit à propos du fantôme pis toute ?

— Sais pas.

CHAPITRE 19

TANTE ADÈLE

— Ah ben, si c'est pas le beau Zacharrri!

Tante Adèle roulait ses R comme un vieux tracteur qui manque d'huile.

— Y est-tu beau, hein? Eh, qu'y est beau! Viens ici que je te donne un beau bec!

Elle le tira par le bras et lui bécota la joue. C'était désagréable. Sur une échelle de un à dix (dix signifiant: «ark je vais me laver la joue avec de l'eau de Javel et une éponge piquante pendant trois jours»), le niveau de déplaisir de Zach s'élevait à quarante-quatre. Rien à voir avec le bec de Jade. C'était comme comparer des pétales de fleurs avec des pelures de patates.

— Rrrentrrrez, assisez-vous!

*On dit «**assoyez**-vous»! Même moi, je l'sais! Si Meg était ici, elle y lancerait ses souliers dans la face.*

Ce souper s'annonçait long et insupportable. Maman insistait pour rendre visite à la vieille tante au moins une fois par année, parce que cette dernière était toujours toute seule et s'ennuyait. C'est drôle: Zach se sentait exactement de la même façon, assis dans la salle à manger de tante Adèle. Linda et elle allaient parler durant des heures, pendant que lui essayerait de trouver un endroit dans la maison où il n'y avait PAS de fleurs imprimées, dessinées, coloriées, photographiées ou plastifiées. Le jeu le plus plate de l'univers, mais tout de même un million de fois plus excitant que la conversation des deux femmes.

— Pis, mon Zacharrri? Comment ça va à l'école?

— Bien.

— T'es en quelle année, là?

— Secondaire deux.

— Eh, que ça grrrandit vite, j'en rrr'viens pas!

Il sourit, pour la forme.

— Pis ça se passe bien? demanda encore la vieille femme.

— Oui.

— Pas plus que ça?

— Développe un peu, Tom-Tom! l'encouragea sa mère. Racontes-y tes journées, parles-y de tes amis!

— Ben je l'sais pas, moi, quoi raconter!

— Parles-y du fantôme, tiens! Tu m'as pas dit qu'y avait un fantôme dans ton école?

— C'est vrrrai, ça? Y a un fantôme dans ton école?

— Ben… Je l'sais pas, là… c'est pas prouvé…

Maman, pourquoi tu me fais ça? C'est TA job, de jaser, pas la mienne!!

— Moi j'ai déjà eu un fantôme chez nous, y a une dizaine d'années, affirma tante Adèle gravement. Quand je prrrenais ma douche, j'entendais des porrrtes ouvrrrirrr pis ferrrmer. Pis j'étais toute seule chez nous, là!

— Ah ouain? fit Zach, soudainement intéressé.

— Ouais. Dans ce temps-là j'avais un chat… Mon beau Sylvestrrre. Y était tellement fin! C'est de valeurrr qu'y soit morrrt…

La vieille femme tomba dans la lune, perdue dans ses souvenirs, et Zachari pensa que c'en était terminé de la discussion qui, pour une fois, se voulait intéressante.

— Mais bon, c'est la vie, hein? Tout le monde finit parrr mourrrirrr! ajouta-t-elle, philosophe. Mais mon Sylvestrrrre, lui, y les voyait. Savais-tu ça que les animaux peuvent voirr les esprrits? Moi, mon Sylvestrrre, y se mettait à feuler tout seul, pourrr aucune rrraison! Y rr'gardait drrrette devant lui, pis y devenait mauvais. Comme si quelqu'un l'achalait!

— Pour de vrai?

— Vrrai comme j'suis là! Une fois j'étais dans la cuisine, pis j'ai entendu un pot casser dans le salon. J'suis allée voirr, en pensant que c'était Sylvestrre qui l'avait peut-être accrrroché, mais y était même pas là! Je l'ai trrrouvé dans ma chambrre, couché surr mon orrreiller, y dorrrmait ben durr, lui! Vrrraiment spécial! Une chance qu'y ont pas fait ça trrrop souvent, me casser des affairres, parce que là ça m'aurrrait dérrrangée. Mais en générrral, y étaient pas tannants. Y faisaient juste me déplacer des affairrres ou jouer avec les lumièrrres. Comme pourr me jouer des tourrs.

— Pis qu'est-ce que vous avez fait pour vous en débarrasser ?

— Rrien pantoute ! Ça me dérrangeait pas qu'y soient là. Sauf que j'ai fini parr déménager, pis bon, y m'ont pas suivie, faut crrroirre !

— Mais comment on fait, si mettons on veut s'en débarrasser ?

— Oh, je sais pas trrop. Y en a qui leurr parrlent pis qu'y leurr demandent de s'en aller. Tout simplement. Y parrraît que ça marrche. Y font comme un genrre de méditation, avec des chandelles, pis y parrlent avec les esprrits.

Puis, la tante changea de sujet et la soirée redevint aussi ennuyeuse qu'elle se devait de l'être. Zachari apprit entre autres que la digestion se faisait plus difficile avec l'âge et que les cataractes (un trouble de la vue qui rend les personnes âgées pratiquement aveugles) est un problème traitable, mais que « tant qu'à se fairre planter un scalpel dans l'œil, j'aime autant voirr flou ! ».

CHAPITRE 20

UNE RÉCOMPENSE SURPRENANTE

Trois par trois, les candidats devaient effectuer leur saut en longueur à l'endroit désigné, à la suite de quoi, les juges attitrés avaient pour tâche de calculer la distance parcourue et ensuite d'inscrire celle-ci au pointage accumulé par chaque élève.

Romann faisait partie des trois premiers concurrents. Il obtint un résultat de 3,12 mètres, ce qui le mettait en tête.

Un garçon de quatrième secondaire fut automatiquement disqualifié pour avoir dépassé la ligne de saut. Un autre perdit pied et manqua son coup. Le public hurlait dans les gradins.

Audré obtint 2,8 mètres. Elle retourna s'asseoir, déçue. Achile décrocha pour sa part un très raisonnable 3,03 mètres.

Vint le tour d'Émile, qui devait s'élancer en même temps que deux filles plus âgées que lui. Il obtint la meilleure note, avec 3,15 mètres. Jade se leva pour crier sa joie. Zach s'installa ensuite sur la ligne de départ. Au bon moment, il avança et effectua son saut, qui lui valut 3,15 mètres à lui aussi. Joël siffla entre ses doigts. À côté de Meg, deux filles discutaient, sans porter attention à ceux qui pouvaient les entendre :

— Lui, là, avec les grosses oreilles, y paraît qu'y a jamais embrassé une fille de sa vie !

— Pour vrai ?! Ha, ha, ha !!! Je l'savais tellement pas !

— Ouain, mais c'est pas surprenant, r'garde-le… Y a pas personne qui veut embrasser ça ! Ha, ha, ha !

Les trois derniers concurrents venaient de terminer leurs sauts. Zach et Émile se tapèrent dans la main et s'élancèrent pour rejoindre les copains, fiers de leur performance. Avant même qu'ils n'atteignent leur destination, Meg bondit de sa place et courut vers eux. Sans s'annoncer, elle sauta au cou de Zachari et écrasa sa bouche contre la sienne, en prenant bien soin de faire durer le baiser pour que les deux « bavasseuses » puissent bien voir ce qui se passait.

Mais celles-ci ne furent pas les seules à être témoins du moment. Jade, Émile, Joël, Maggie et Alice arrêtèrent complètement de parler, de respirer, de bouger, de cligner des paupières, de penser ; ils n'entendirent même pas la cloche qui se mettait à sonner. Zach, de son côté, eut à peu près les mêmes réactions, si ce n'est que lui s'arrêta aussi de vivre, pendant une fraction de seconde. Ses yeux semblaient sur le point de sortir de ses orbites, tellement ils étaient grands ouverts. Pensant que son amie avait trébuché en s'en venant vers lui, il l'avait enlacée d'un bras pour la retenir et ne savait plus s'il devait retirer sa main ou la laisser en place. Sa surprise était tellement vive que ses doigts s'écartaient en se crispant, sans qu'il n'en contrôle le mouvement.

Puis Meg se décolla enfin, jeta un regard furtif aux filles précédemment assises à côté d'elle et sortit le nez bien haut, sans accorder un seul mot à qui que ce soit, laissant Zachari planté là, encore immobile et confus. C'est Joël qui brisa finalement le silence, après d'autres longues secondes de consternation :

— *Man…* C'tait quoi, ça ? !

— Je… Je…, bredouilla Zach, sans trouver de suite logique à sa phrase.

— Mais là, sortez-vous ensemble ? s'exclama Maggie, partagée entre la stupéfaction et l'envie de célébrer.

— Ben non… Ben… En tout cas, j'pense pas !

OK, c'est le moment de t'en aller, là ! lui souffla une voix dans sa tête. Il décida de l'écouter, ignorant comment répondre à toutes les questions muettes qui volaient autour de lui comme autant de mouettes devant un McDo.

— OK, genre que j'comprends pus rien, moi-là ! lança Jade.

— J'pense qu'y a personne qui comprend, répondit Alice, d'un mince filet de voix.

Après une pause, Joël laissa tomber :

— Ouain, ben c'est confirmé : Meg, c'est pas un robot, finalement.

Ils réalisèrent soudain que le cours allait bientôt commencer et filèrent vers leur local respectif.

CHAPITRE 21

MEG ET SES MANIÈRES

Zachari angoissa toute la soirée et toute la nuit, à la suite de ce baiscr impromptu. Premièrement parce qu'il n'eut pas la chance d'en parler avec la principale intéressée, et ensuite parce que, de toute façon, il ne savait pas quoi en dire ni en penser. Les autres élèves le regardaient étrangement, depuis. Les filles se chuchotaient des secrets en passant près de lui. Tout ça devenait intimidant.

Le soir, Meg ne se pointa pas sur la discussion en ligne. Son absence pesa lourd sur la patience de Zach, qui dut non seulement affronter tout seul les commentaires et suppositions de ses autres compagnons, mais également continuer à vivre dans l'incertitude.

Ce n'est que le lendemain qu'il la revit. La journée commençait par le cours d'anglais. Pour faire exprès, le seul pupitre disponible se trouvait directement à côté d'elle. On avait atteint cette période de l'année où les élèves prenaient sensiblement les mêmes places en classe. Et puisque les deux amis s'asseyaient toujours ensemble, il allait de soi que personne ne pensait à prendre cet espace réservé d'office.

La minifille terminait son devoir en vitesse, ayant oublié de le faire la veille. Toute sa concentration était dirigée sur sa feuille. Il n'osa pas la déranger.

Pour lui dire quoi, de toute façon?

La nuit n'avait pas suffi pour réussir à mettre en ordre tout ce qui se bousculait dans son esprit. Quand sa mère était venue le réveiller au petit matin, Zach ne savait toujours pas ce qu'il fallait faire de tout ça.

Meg lui jeta un rapide coup d'œil et retourna à son occupation. Zach bougea sur sa chaise. Pour la première fois, il se sentait gêné d'adresser la parole à son amie. Et pourtant, l'attitude de Meg n'avait pas changé. À peu de choses près, on avait l'impression que rien ne s'était jamais passé.

— Prête-moi ton Liquid Paper, lui ordonna-t-elle sans se formaliser de son silence.

Il sortit fébrilement son étui rouge et y prit le crayon effaceur demandé, qu'il tendit d'un geste rapide. Tout en lui se questionnait, il ne savait pas comment gérer cette situation embarrassante.

— Meg? osa enfin le pauvre, perturbé.

— Laisse faire ça, Zed. Ç'a pas rapport, répondit-elle en lui rendant son correcteur liquide sans même lui accorder d'attention.

— C'est juste que…

— Heille, dit-elle d'une voix posée en relevant enfin la tête pour le fixer droit dans les pupilles. J'te dis que ç'a pas rapport. Commence pas à faire ton perturbé, parce que j't'arrache les paupières pis j't'es fais manger.

— Non, mais attends, là. C'est pas une question d'être perturbé, c'est juste que je comprends pas! Pourquoi t'as fait ça?

Une fille s'approcha d'eux et lança:

— OK, y faut que je l'dise: je l'ai toujours su qu'y avait de quoi entre vous deux! J'suis vraiment contente que ça soit fait: vous êtes super *cute* ensemble!

Meg la dévisagea un instant avant de répondre:

— On n'est pas ensemble.

— Hein? Mais, mais… Vous… Hier, dans le gymnase?

— C'tait pour faire parler ceux qui ont pas de langue.

La fille se retira, insultée, et s'assit plus loin. Zachari fut soulagé. Non pas que Meg soit répugnante, mais ce genre d'histoire avec elle ne l'intéressait pas du tout. Et de devoir le lui dire paraissait pire que d'essayer de marcher pieds nus sur le soleil. Qui sait comment cette fille était capable de réagir si on la rejetait? Elle lui aurait probablement planté un crayon dans la gorge, ou versé de l'eau de Javel dans le nez. Mais ça n'expliquait pas pourquoi c'était arrivé.

— Tu m'as pas répondu, dit-il.

— J'ai fait ça pour fermer la gueule à deux filles qui disaient que j'avais jamais embrassé personne! répondit-elle en déformant la vérité. Là, arrête de me poser des questions pis oublie ça, OK?

La période continua de façon plus détendue. Mark leur fit traduire une chanson connue. C'était intéressant d'enfin comprendre le sens d'une pièce musicale qui jouait tous les jours à la radio.

Quand la cloche marqua la fin du cours, tous quittèrent la classe en fredonnant. Sauf Meg, bien entendu, qui, elle, ne fredonnait jamais. Parce que fredonner, ça pue.

C'est une Maggie ulcérée qui débarqua dans le grand corridor pour rejoindre ses amis.

— Voyons donc, qu'est-ce que t'as, toi ? lui demanda Jade.

— Le maudit prof de français, j'pus capable de l'endurer !

— Hein ? comment ça ? fit Zach.

— Y m'a donné 77 % dans le dernier test !

— Wow, c'est HOT ! s'exclama Joël.

— *Hot ?!* C'est pas *hot* pantoute !! J'ai l'air de quoi, moi ? D'une pauvre cloche ?!

— Merci ! rétorqua le blond, insulté. J'ai de la misère à avoir 50 %, moi ! Ça veut-tu dire que j'suis rien qu'un mongol ?!

— Ah, laisse donc faire ! Tu comprends pas !!

Sur ces mots, elle partit, complètement hors d'elle. Alice s'élança à sa suite, espérant être en mesure de lui apporter un peu de réconfort.

— OK…, fit Jade. Genre qu'a le prend vraiment mal !

Le directeur arriva au même moment.

— Meg, viens avec moi deux minutes. Faut qu'on se parle.

Une fois Jacques et sa fille disparus, Émile posa la question à laquelle tout le monde pensait :

— Pensez-vous qu'y vient d'apprendre pour hier pis qu'y est fâché ?

Un silence suivit l'interrogation.

CHAPITRE 22

A COMME DANS...

Jacques venait d'entrer dans le local de français. Il s'entretenait avec le prof à voix basse, et tous les élèves essayaient d'entendre la discussion. Meg alla s'asseoir à son pupitre. En passant devant Zachari, elle lui jeta un regard étrange. On aurait dit de la crainte. Il aurait aimé pouvoir lui demander ce qui s'était passé dans le bureau du directeur, mais le moment était mal choisi.

M. Lefort s'éclaircit la gorge avant de parler:

— Hum... Monsieur Zed, pouvez-vous ramasser vos affaires et suivre M. Létourneau, s'il vous plaît?

Joël lança un regard rempli de détresse à Zach, qui se leva et suivit Jacques. Ce dernier lui fit un sourire en coin difficile à interpréter. Le sourire manquait de conviction. On aurait dit une formalité obligée, peu sincère. Ils marchèrent en silence jusqu'au secrétariat, et s'installèrent dans le grand bureau.

— Comment ça va? demanda Jacques d'un ton sérieux.

Tout, dans son attitude, transpirait la contrariété. Il tapota son bureau du bout des doigts.

Son mécontentement se diffusait partout dans l'air. Zach resta là, interdit, à attendre la suite, en cherchant quoi dire pour se défendre. Ce n'était pas sa faute à lui, cette histoire de bec. C'est Meg qui lui avait sauté dessus sans s'annoncer.

— J'vous jure que même moi, je…

— Attends une minute, l'interrompit le directeur, gravement. Il faut que je te dise quelque chose de bien important.

Il y eut un silence gênant, durant lequel ils se dévisagèrent. L'un attendait la suite, résigné, tandis que l'autre cherchait une façon de dire les choses. Puis, Jacques prit une grande inspiration avant de lâcher d'un bloc :

— On a reçu un appel. Ta mère a eu un accident.

— Qu… quoi ?

— Un accident d'auto. Cet après-midi.

Instantanément, des larmes se mirent à couler d'elles-mêmes sur les joues de l'adolescent. Une grande faiblesse lui traversa tout le corps, engourdissant chaque muscle. Il avait l'impression que même la chaise sous lui n'arriverait pas à le supporter encore longtemps. Comme si sa peau et tous ses organes internes allaient se liquéfier et se répandre. Les couleurs fondaient sur les murs en dégoulinant jusqu'au plancher. Tout autour devenait gris foncé, laid, sale. Le tic-tac de la vieille horloge cognait de gros coups lourds et distordus.

Le cauchemar recommençait. Comme quand il avait quatre ans. Plusieurs centaines d'images lui revinrent à l'esprit. Le grand couloir. Plein de vêtements noirs. Des fleurs. Trop de fleurs. Une grande boîte en bois. Des poignées en métal plaquées or. Un couvercle. Fermé. La photo de son père.

— Qu'est-ce qu'y a dans la boîte, maman ?

Sa mère qui pleurait beaucoup trop. La boîte qui disparaissait dans un grand trou. Son père. Mort. D'un accident d'auto.

— Non ! réussit-il à articuler d'un filet de voix enroué.

Ses jambes lui faisaient mal. Comme dans un mauvais rêve. Chaque fois qu'il faisait un cauchemar, ses mollets se mettaient à picoter très fort et ensuite, à partir des chevilles jusqu'aux cuisses, c'était comme si ses muscles s'entortillaient sur eux-mêmes autour des os en bloquant sa circulation sanguine. Cette impression de jambes gonflées le rendait fou à force d'osciller entre un chatouillement virulent et un violent spasme de douleur. Comme des cuisses de grenouilles. Quand on enlève la peau à des cuisses de grenouilles et qu'on met du sel sur la chair, elles se mettent à bouger toutes seules. Comme si elles dansaient. Même si elles sont coupées du reste du corps de la grenouille. À cause des nerfs. Zach n'avait jamais mis de sel directement sur ses nerfs, mais il était persuadé que ça donnait exactement la même sensation.

— Non, pas… Pas maman… ! dit-il encore, à travers ses sanglots.

Il allait s'évanouir de détresse, quand Jacques dit une phrase qui le rattrapa juste à temps :

— Pour l'instant, elle est à l'hôpital, pis son état est stable.

Une grande bouffée d'air s'engouffra dans les poumons coincés du garçon : sa mère était en vie !!! OH !!! Ça faisait tellement du bien ! On aurait dit une extra-caresse pleine de chaleur ! D'un seul coup, toutes les couleurs remontèrent au mur comme dans un film qu'on recule, et la vieille horloge eut l'air de chanter.

— Fait qu'est correcte ? A va pas mourir ?

— Non, non. Elle ne va pas mourir. Mais elle est gravement blessée, pis ça risque de prendre un certain temps avant qu'elle se rétablisse. C'est pour ça qu'il faut qu'on jase de ton... De ta condition. Parce que comme c'est là, ça se pourrait que les médecins veuillent la garder plusieurs semaines. Même plusieurs mois, peut-être.

Par « condition », il faisait surtout référence au fait que Zach n'avait personne pour l'accueillir à la maison, après l'école. Et quand on a treize ans, on serait bien capable de rester tout seul, mais les adultes pensent tout le temps qu'à treize ans, on ne peut pas survivre sans nos parents[15].

— Est-ce que t'as une tante, ou un oncle, qui pourrait s'occuper de toi pendant le temps que ta mère se remet ?

— Mon oncle Stéphane pourrait... Mais y reste en Angleterre. Pis le reste de la famille, ben... on les voit pas vraiment.

---

15. Ce qui est complètement ridicule, puisque les pizzas pochettes et les fours à micro-ondes existent. (NDA)

— Mouais. Eh bien, dans ce cas-là, je pense que la meilleure solution, ça serait que tu viennes chez nous le temps que ta mère se rétablisse. Normalement, je ferais pas ça, mais vu que t'es pas mal le meilleur ami de Meg, je pense que ça serait juste sans-cœur de pas te l'offrir.

— Euh…

Voilà une proposition étonnante. Zach ne savait quoi répondre. D'abord parce qu'il était surpris d'entendre dire que Meg le considérait comme un ami (c'est toujours dur de savoir si on cst l'« ami » d'une fille qui n'a jamais prononcé notre prénom), et ensuite parce que l'idée de dormir « chez le directeur » le rendait un peu mal à l'aise. Mais ce dernier avança le meilleur argument au monde :

— Pis évidemment, si tu veux, on peut partir tout de suite pour aller voir ta mère à l'hôpital.

— OK!

La question était réglée. Même pas besoin d'y réfléchir plus longtemps! Le diable en personne aurait proposé d'aller visiter sa mère à l'hôpital, que Zachari aurait dit oui sur-le-champ[16].

Jacques Létourneau se leva donc de sa chaise et enfila son manteau.

— Bon, ben… Viens-t'en!

---

16. Ce qui est une très mauvaise idée! Le diable, c'est un hypo-crite : il te propose d'aller voir ta mère à l'hôpital, pis la première chose que tu sais, c'est qu'en échange t'es obligé de prendre ton bain dans du sang! Ou pire encore : t'es obligé de manger du tofu! (NDA)

— Mais… Pis Meg? Comment a va faire pour aller chez eux? J'veux dire… chez vous?

— Ben, elle va prendre l'autobus, comme d'habitude.

CHAPITRE 23

OUCH !

Les grands murs blancs sentaient l'hôpital[17]. La femme derrière le comptoir envoya les deux visiteurs aux soins intensifs.

La chambre se trouvait au fond du corridor et on entendait le moniteur cardiaque émettre un bip régulier à travers l'ouverture de la porte.

— J'vais t'attendre ici, dit Jacques en s'asseyant sur une chaise appuyée au mur du couloir.

Si lui-même avait été dans un tel état, il n'aurait pas aimé que tout le monde entre le voir. Mieux valait les laisser seuls, en famille. Zach inspira profondément et entra. Son estomac donna un grand coup à la vue de sa mère couchée dans le petit lit tout au fond, une jambe dans le plâtre, suspendue à des harnais. Toute sa tête recouverte d'épais bandages blancs. Sa nuque soutenue par une espèce de structure en plastique solide. Son nez cassé était intubé. Sa lèvre inférieure était fendue, enflée, mauve. Les points de suture semblaient frais faits. De minuscules tuyaux de caoutchouc

---

17.   Une odeur normale, dans un hôpital, à ce qu'il paraît… (NDA)

serpentaient sur elle pour lui fournir soluté, oxygène et soulagement. Sa paupière droite avait la forme d'une poche de thé, toute gonflée et noire. Des égratignures de toutes sortes décoraient sa peau blanche.

Une infirmière entra en souriant calmement et vint changer un sac de plastique contenant du liquide jaunâtre. Juste avant de repartir, elle posa une main sur l'épaule de sa patiente qui somnolait et lui chuchota : « Vous avez de la belle visite, Madame Zed. »

Linda ouvrit les yeux, ou du moins son œil gauche, parce que le droit refusait de suivre le mouvement. À la vue de son fils, une larme coula sur sa joue. Elle leva deux doigts, et Zach comprit qu'elle voulait qu'il se rapproche.

— Ça va bien aller maman, dit-il en se penchant sur elle.

— C'mment t'v'nu ? demanda-t-elle d'une voix désarticulée et fatiguée.

— Le directeur. Y m'a offert de me garder en attendant que tu sortes.

— ... Pèr' à Meg ?

— Oui.

— C'fun. T'vas p'voir passer pflus d'temps... Tu di... ras...

En essayant d'organiser sa pensée pour finir ses phrases, Linda retomba dans les vapes. Zach s'assura que ses oreillers étaient bien placés et déposa un bec sur sa joue. Puis il sortit de la chambre, visiblement troublé.

— Pis ?

— Est maganée… J'ai peur!

Jacques lui offrit de revenir le lendemain, conscient que le garçon aurait besoin d'au moins une journée pour se rassurer et se remettre du choc émotif. Le renvoyer à l'école immédiatement ne servirait à rien: sa concentration n'y serait pas et sa pensée serait constamment tournée vers sa mère. Il proposa ensuite d'aller chercher quelques vêtements. Parce que c'est important de changer de vêtements, des fois[18].

---

18. Sauf si t'es un golem. Parce qu'un golem, c'est fait en glaise. Pis de la glaise, c'est toujours propre. C'est salissant, mais c'est propre. (NDA)

CHAPITRE 24

DOMINIC

La maison des Létourneau régnait sur une petite rue en forme de cul-de-sac, où une odeur de cuisson embaumait l'air.

Meg releva vivement la tête au son de la poignée. Elle ne dit pas un mot à son ami qui franchissait la porte.

Son père prit le sac de Zach et l'emporta dans la chambre d'amis qui se trouvait à proximité du salon, avant de disparaître à l'étage pour aller se changer. Zach n'osait pas entrer. La minifille le regardait d'une drôle de façon, comme si elle hésitait entre lui ouvrir le ventre et l'étrangler avec ses propres intestins, ou l'inviter à jouer aux cartes. Il espérait qu'elle opterait pour le second choix.

— Reste pas là, rentre ! l'invita Jacques en redescendant. Tu peux mettre ton manteau sur la patère juste à côté de toi.

Ça faisait drôle de voir le directeur sans son veston et sa chemise. Zach enleva son coupe-vent et le suivit dans la cuisine, où son amie brassait énergiquement un chaudron de sauce.

— Bon-jour.

Sorti de nulle part se tenait là un garçon tout blond, d'à peu près cinq ans, qui fixait la porte du réfrigérateur.

— Va laver tes mains, Minic, dit Meg en lui passant tendrement la main dans les cheveux.

Zach ne l'avait jamais vue aussi douce et patiente. Il en fut troublé. Deux mondes séparaient la fille agressive et orageuse qu'il côtoyait à l'école de celle dévouée et aimante qui poussait gentiment l'épaule de l'enfant blond pour l'emmener avec elle vers la salle de bains.

— Bon-jour, répéta lentement le garçon en marchant dans la direction opposée, tiré par sa sœur.

— Lui, c'est mon fils Dominic, dit Jacques en guise de présentation.

— Je savais pas que Meg avait un frère, répondit Zachari, pour faire la conversation.

— Oui. Pis elle s'en occupe beaucoup. Dominic est autiste.

— C'est quoi, ça?

— C'est une maladie qui fait qu'y se développe pas comme tout le monde. Y a plus de misère à communiquer avec les gens. Y regarde jamais vraiment le monde dans les yeux. C'est plus difficile d'avoir son attention. Y parle pas beaucoup, pose jamais vraiment de questions.

Pendant son explication, Jacques sortit des assiettes et servit quatre portions de pâtes, qu'il plaça sur la table. Meg revint avec son frère et entreprit de couper les pâtes de celui-ci en petits morceaux pendant que les hommes s'installaient autour d'elle.

— Bon appétit, dit le père.

— Bon appé-tit, répondit Dominic d'un ton léger, en étirant le mot.

— Est-ce que Claudie t'a dit comment ça s'était passé? demanda Jacques à sa fille.

— Bien, répondit celle-ci. Sauf qu'y a pas dormi cet après-midi. À' place, y a joué avec ses blocs.

— L'as-tu payée?

— J'y ai donné l'argent du pot.

— Parfait.

Zach laissa sa curiosité naturelle l'emporter:

— C'est qui, Claudie?

— C'est celle qui s'occupe de Dominic pendant la journée, expliqua le père.

— C'est sa TUTRICE, rectifia Meg, sévère.

— Tu-trice, répéta le petit de sa voix rêveuse, en promenant sa fourchette dans son assiette.

— Ouais. Tutrice, concéda Jacques. C'est une personne spécialisée dans ce genre de maladie-là.

— C'est pas une maladie, s'obstina encore Meg. C'est un Trouble Envahissant du Développement!

Son père força un sourire un peu triste et le reste du repas se déroula dans un silence tendu. Zachari ne se sentait pas le bienvenu. Meg faisait comme s'il n'existait pas. Et avec cette journée chargée en émotions, la force lui manquait pour essayer de comprendre cette attitude. Après sa dernière bouchée, il se leva, rinça son assiette comme sa mère le lui avait enseigné, et dit aux autres :

— J'ai des devoirs à faire. Si ça vous dérange pas, j'irais travailler là-dessus.

— Non, pas du tout, vas-y, fais comme chez vous ! l'encouragea Jacques. Si t'as besoin de quoi que ce soit, gêne-toi pas, t'as juste à demander.

— Merci.

Le temps était déjà long. Sa mère lui manquait terriblement. Il soupira en sortant son cahier de géo. À quoi ça lui servirait de connaître tous les pays d'Europe par cœur ? Ça ne sert absolument à rien de savoir ça ! Ça ne sauve pas des vies de connaître tous les pays d'Europe par cœur !

— *Au secours ! Ma maison est en feu et je ne peux pas sortir !!!! Pompiers ! Sauvez-moi s'il vous plaît !!!*

— *Nous allons vous sauver à une condition ! Connaissez-vous tous les pays d'Europe par cœur ?*

— *Euh… Non ! Mais sauvez-moi, pitié !!*

— *Ah ! Désolé ! Vous ne connaissez pas tous les pays d'Europe par cœur. Vous allez devoir mourir brûlé vif ! V'nez-vous-en, les gars, on s'en va ! C'est encore juste un innocent qui connaît pas ses pays d'Europe par cœur !*

Ridicule… Il n'avait pas la tête à ça du tout.

Meg et son père parlaient dans l'autre pièce. On pouvait entendre l'écho de leur voix à travers les murs. La discussion semblait sérieuse. Jamais de sa vie, Zach ne s'était senti aussi seul, aussi étranger au milieu de gens pourtant familiers. Cette chambre paraissait beaucoup trop grande pour lui. Le silence l'enveloppait comme une brume opaque. Il s'étira et essaya de se changer les idées en plongeant dans ses études. C'était décourageant.

OK. La France. Ça, c'est facile. Juste à côté, le morceau un peu décollé, dans l'eau, y s'appelle : Le Royaume-Uni… C'est bizarre que le pays qui est PAS rattaché aux autres s'appelle le Royaume « UNI ». Ils auraient dû l'appeler le « Royaume-Séparé »…

La porte s'ouvrit brusquement.

— Qu'est-ce que tu fais ? demanda son amie.

— Le travail en géo. Les pays d'Europe.

La minifille s'approcha et s'assit à l'autre bout du lit en lui prenant la carte des mains.

— T'as juste à commencer par l'Italie. C'est super facile : c'est le pays qui est en forme de botte. Tout le monde sait ça. Juste au-dessus, c'est la France. Les Français y sont collés sur l'Italie, parce qu'en France, y aiment ça, la mode… Pis les bottes, ben c'est à' mode.

— Ah, ben oui…

— Pis qu'est-ce qu'y mangent tout le temps, en France ?

— Euh…

— Du fromage. Du fromage suisse. Y en mangent tout le temps.

— OK, mais c'est quoi le rapport ?

— La Suisse. C'est collé sur la France. Juste là, à droite. « Suisse ».

— Heille, ben oui…

— Mais Suisse, c'est pas juste un nom de fromage. C'est aussi un nom d'animal : un suisse. Quel autre pays ressemble à un nom d'animal ?

— Je l'sais pas…

— L'Autriche. Ça ressemble à Autruche. C'est collé sur la Suisse : les animaux avec les animaux.

— Wow…

— Pis pour pas les mélanger, faut que tu te dises qu'un suisse, c'est plus petit qu'une autruche. Fait que la Suisse, c'est le plus petit des deux.

— Heille, c'est vrai…

— Dans le coin en haut à gauche, ce pays-là, c'est une île. Comment on dit « île » en anglais ?

— Euh… Je l'sais pas…

— Oui, tu l'sais, Zed. Penses-y.

— … « Island » ?

— C'est ça. Fait que ce pays-là, c'est l'Islande.

— Ayoye !

Elle continua à lui donner des références et toutes sortes de trucs pour mémoriser chaque pays. Au bout d'une heure, Zach était capable d'identifier presque tout le continent sans problème. Soudainement, le temps semblait moins long, moins lourd, plus supportable. Grâce à elle.

— Meg… ?

— Quoi ?

— Ça te dérange-tu que je sois ici ?

Silence.

— J'suis juste mal à l'aise, c'est tout, finit-elle par avouer. À cause de ce qu'y t'arrive.

Elle se tut encore quelques secondes avant d'ajouter :

— Comment a va, ta mère ?

— Correct, dit-il en levant une épaule… Toi, ta mère est où ?

Le visage de son amie se rembrunit.

— J'veux dire… Tu y parles-tu, des fois ? insista Zach.

— Y commence à être tard. J'vais aller me coucher.

Elle se leva et sortit de la chambre en refermant la porte méticuleusement. Zach comprit qu'il s'agissait d'un sujet qu'il valait mieux éviter. Il haussa les épaules et se prépara pour dormir.

La nuit fut longue et courte. Courte, parce que le sommeil ne vint qu'aux petites heures du matin. Longue, parce que pendant tout le temps où son corps refusait de dormir, l'angoisse lui rongeait la tête et il se répétait sans arrêt : « A va pas mourir. Le directeur l'a dit. A va pas mourir. Est juste maganée… ».

Le lendemain, il se réveilla en sursaut. Aucun réveil n'avait sonné, le soleil plombait à travers les stores.

Jacques l'attendait dans la cuisine, assis devant une pile de papiers.

— Salut. Comment tu te sens, ce matin ?

— Pas pire.

— As-tu faim ?

— Pas vraiment…

— Je comprends ça. Habille-toi, on va y aller. Tu t'emporteras des trucs à manger dans l'auto, au cas où.

— Y est quelle heure ?

— Dix heures. J't'ai laissé dormir, j'ai pensé que t'en aurais peut-être besoin.

— Bon-jour, fit la petite voix du frère de Meg.

Zach sursauta. L'enfant apparaissait toujours sans qu'on le voie arriver.

— Salut, Dominic.

Claudie fit irruption par la porte qui menait au sous-sol.

— As-tu trouvé tes blocs, mon ange ? demanda-t-elle au blondinet.

— Nous, on va partir, l'avertit Jacques. On devrait revenir dans l'après-midi.

— Pas de problème !

Trente minutes plus tard, ils entraient à nouveau à l'hôpital. Zachari poussa la porte de la chambre de sa mère et, en trois secondes, son teint devint d'une pâleur verdâtre. Le lit. Il était vide.

CHAPITRE 25

PENDANT TON ABSENCE

— On a dû la changer de chambre, les informa une infirmière. Venez, c'est juste ici.

Si ça continuait comme ça, Zachari mourrait d'une attaque cardiaque avant ses quinze ans ! C'était le deuxième battement de cœur qu'il manquait en à peine quelques heures !

Linda semblait beaucoup plus lucide aujourd'hui. Hier, on lui avait administré une dose de médicaments juste avant l'arrivée de ses visiteurs. Sa pensée ne s'organisait pas clairement. À vrai dire, elle se souvenait à peine de la visite de son fils et lui reposa les mêmes questions. En apprenant toute l'énergie que le directeur d'école déployait pour son fils, elle l'invita à entrer en articulant lentement :

— B'voyons donc, va l'cherch… c'pas d'bon sfens !

Tant bien que mal, elle leur raconta les circonstances de l'accident. Une camionnette. Linda roulait à une vitesse normale en direction de la maison, quand un foutu chauffard avait essayé d'éviter sa lumière rouge en accélérant, heurtant ainsi de plein fouet la petite Honda grise avant de l'envoyer faire des tonneaux dans le décor. Un accident stupide et facilement évitable. Gros épais.

On n'en savait pas beaucoup sur son état de santé. Encore quelques tests seraient nécessaires pour connaître les détails précis de sa condition, mais au moins, sa tête répondait bien. C'était déjà ça. Au bout de quelques heures, les deux visiteurs repartirent, soulagés.

Zach se remit à l'étude des pays d'Europe en arrivant. La tête plus légère, tout semblait plus facile. Sans compter les trucs de son amie qui l'aidaient énormément. Quand cette dernière arriva de l'école, il réalisa une chose très importante :

— HEILLE !!! Les olympiades !!! J'ai manqué la dernière journée !!! OH NON ! La danse, qu'est-ce qu'y s'est passé ? Émile ?!

— J'ai fait la danse à ta place vu que je connaissais déjà les mouvements.

— Toi ? T'as DANSÉ ?! Devant tout le monde ?!

— Ben là, j'avais pas le choix, sinon Émile était tout seul, pis y a juste moi qui connaissait la choré !

— Pis là ?

— On a torché.

— YEEEES !!!! Pis pour le ballon chasseur ?

— C'est Gaëlle qui a pris ta place.

— Bonne idée ! Pis ?

— Y ont clenché tout le monde. En plus, Romann, y s'est foulé une cheville en *skate*, hier soir, fait que y a pas pu jouer.

— Hein?! C'est ben cool, ça!!! Ben… J'veux dire… pas *cool* là… J'veux dire… C'est super plate qu'y se soit fait mal, mais… J'veux dire…

— Ouais, ouais, j'comprends. C'est cool qu'on n'ait pas eu à l'affronter parce qu'on se serait fait battre.

— Ouain, c'est ça! Mais attends… Y a pas dansé non plus, ça veut dire?

— Non.

Elle étira un coin de ses lèvres. Zach en fut un peu troublé. Son amie venait de sourire.

Ce soir-là, à 19 h 30, il ronflait.

CHAPITRE 26

GAMME D'ÉMOTIONS

— Bon-jour.

Zach se réveilla en sursaut, complètement désorienté. D'abord, cette chambre n'était pas la sienne ; ensuite, un jeune garçon se tenait au bout du lit et le saluait.

Quelques secondes lui furent nécessaires pour fouiller dans les archives de sa mémoire et comprendre que cette maison était celle de Meg. Il s'assit et sourit à Dominic en s'étirant, bien reposé. Enfin. L'enfant sauta sur le lit et lui présenta sa peluche.

— Mon tou-tou.

— Y est beau, c'est quoi son nom ?

— Mon tou-tou.

— Oui… Mais y s'appelle comment ton toutou, Dominic ?

— Do-minic.

— Ben non, ça c'est ton nom à toi ! Mais ton toutou, y a-tu un nom ?

Le petit ne répondit pas et continua de concentrer son attention sur son jouet.

— On va y en trouver un d'abord ! On pourrait l'appeler… Nounours ? T'aimes-tu ça ?

Aucune réaction.

— OK, c'est pas grave, on va trouver autre chose… Hum… Ah, je l'sais : Kiko !

— Ki-ko !

— Oui ? T'aimes ça ?

Une voix anxieuse se mêla à leur conversation :

— Qu'est-ce que vous faites ?

— Meeeeeeeeg ! cria Dominic, content de la voir.

Il se jeta dans ses bras. Sa sœur portait encore son pyjama et ses cheveux étaient en désordre. Elle le serra contre elle comme une mère qui protège son enfant. Un pli se dessinait sur son front.

— Qu'est-ce qu'y a ? lui demanda son ami, qui voyait bien que quelque chose la dérangeait.

Meg n'aimait pas que des étrangers s'approchent de son frère. Elle avait toujours peur qu'on se moque de lui, ou qu'on lui fasse du mal. Les gens ne comprenaient pas bien les TED[19], ce qui les faisait parfois agir comme des imbéciles envers Dominic. D'accord, Zach n'était pas un étranger, et encore moins un imbécile, mais il n'en demeurait pas moins qu'il ne faisait pas partie de la famille.

— Y a rien. Deboutte, le bus passe dans une demi-heure.

— QUOI ?

À la maison, maman le réveillait normalement une heure trente avant le passage de l'autobus. Ce

---

19. Troubles envahissants du développement. Aussi appelés autisme. (NDA)

qui lui laissait amplement le temps de prendre une douche, de s'habiller, de déjeuner et de brosser ses dents. Il se leva en trombe et courut vers la salle de bains, où il ne prit même pas le temps de vérifier la température de l'eau avant de se placer dessous.

— AAAAARGH!!!!

Un jet froid lui mordit la peau en faisant naître des millions de frissons désagréables. Mais ce n'était pas le temps de se plaindre, sinon l'autobus partirait sans lui. Pendant que la chaleur grimpait graduellement, il mouilla sa débarbouillette, puis s'empara du pain de savon en se dépêchant tellement que celui-ci se faufila entre ses doigts et tomba tout au fond de la baignoire en faisant des zigzags d'un côté à l'autre. Dans un effort pour le ramasser, Zach mit malencontreusement le pied dessus, ce qui provoqua une lamentable chute. Par réflexe, il s'accrocha fermement aux rideaux de plastique, qui se déchirèrent en s'enroulant autour de son corps.

— Wô! WÔ!!!

La suite était prévisible: il s'affaissa de tout son long sur le plancher, comme un saucisson enveloppé, pendant que la douche continuait de cracher de l'eau en se foutant bien que plus rien ne l'empêche de se répandre partout: les douches n'ont pas de sentiments[20].

---

20. C'est donc totalement inutile de leur dire qu'elles sont belles: ça ne leur fait ni chaud ni froid… Sauf quand on ouvre l'eau chaude ou l'eau froide, mais ç'a pas rapport avec leurs sentiments… (NDA)

— Merde !

Il se releva avec difficulté, se battant avec le plastique qui le retenait prisonnier. Un de ses poignets était foulé.

— Merde ! répéta-t-il, mécontent.

Meg cogna à la porte.

— Zed ? Ça va ?

— Non !!! Attends minute !

Il se défit de son cocon, se sécha, enfila ses vêtements et ouvrit la porte, contrarié. Son amie n'avait pas bougé. Dans un souffle, il éclata :

— Ton maudit savon, y m'a glissé des mains, pis y est allé en dessous d'mon pied, pis là j'ai perdu l'équilibre ! Pis quand j'ai essayé de me r'tenir, ton maudit rideau, y s'est déchiré pis y a commencé à s'enrouler autour de moi, pis là j'pouvais pus rien faire parce que j'tais pogné d'dans, pis j'me suis foulé un poignet à cause d'eux autres !

Elle le regarda d'abord avec de grands yeux ronds, et finit par éclater de rire, ce qui perturba Zachari, qui en presque deux ans ne l'avait jamais entendue ne serait-ce que *faire semblant* d'avoir du plaisir. Elle riait sans pouvoir s'arrêter, en se tenant les côtes, les jambes croisées, et les genoux pliés. Des larmes commençaient à perler aux coins de ses yeux.

Dominic arriva en courant, alerté par la soudaine poussée d'émotions de sa sœur. Les deux garçons restaient là, interdits, à observer la réaction inattendue de Meg.

— Tu veux-tu que j'leur pète la yeule ? !!! articula-t-elle entre deux secousses hystériques.

— À qui ? lui demanda son ami, perdu.

Elle se remit à rire encore plus fort, emportée par une folie subite. Zach était complètement déstabilisé. Dominic se colla contre la jambe de ce dernier, soudainement apeuré. Sa sœur le vit faire et se calma instantanément.

— Ohhhh, mais non, Minic ! dit-elle en reprenant son souffle, pour le rassurer. J'faisais juste trouver ça drôle, c'est tout ! R'garde : tout va bien !

Le petit se détendit, content de savoir qu'elle n'était pas devenue complètement folle, et alla lui faire un câlin.

— OK, dit Meg en reprenant tout son sérieux. Grouille-toi, faut faire notre lunch.

La cuisine était vide.

— Ton père, y est où ? demanda Zachari, intrigué.

— À l'école ! Où d'autre tu veux qu'y soit ?

— Wow, y est parti de bonne heure !

La sonnette retentit.

— Clau-diiiie ! s'exclama Dominic.

La gardienne et tutrice entra.

— Allô, mon cœur ! dit-elle en voyant son protégé accourir.

— Ki-ko, dit-il en lui montrant son toutou.

— Y s'appelle Kiko ? ! C'est un beau nom, ça !

Meg lui présenta son invité et l'informa de ce qu'il y avait au menu du midi, tout en s'affairant à bricoler son propre lunch. Elle regarda ensuite vers l'horloge et dit, en déposant un bec sur le front de son frangin :

— OK, Zed, viens-t'en !

Ce dernier lança un couteau dans l'évier et enfila précipitamment ses chaussures de course en saluant Claudie, une rôtie à la main. L'autobus était déjà au coin. Les deux amis durent courir pour l'attraper.

Dès qu'il mit les pieds dans la travée centrale, une voix se fit entendre depuis le fond de l'autobus :

— Attention tout le monde : ZIZI EST DANS L'AUTOBUS ! Toutes les têtes se tournèrent vers lui en ricanant, alors que Meg jetait un regard noir foncé à la grande tige de rhubarbe pourrie qui souriait de ses belles dents droites en se trouvant vraiment intelligente et drôle.

— Laisse faire, c'est juste des mots, fit Zach à son amie pour éviter le pire.

Bientôt… Oh oui, bientôt, elle lui réglerait son compte, à cette erreur humaine. Pour l'instant, il fallait rester réaliste. La situation et l'endroit ne se prêtaient pas à la confrontation.

Zachari ajusta sa casquette et suivit la minifille vers son siège, où il termina son petit-déjeuner en silence, pendant que la baveuse continuait de chercher le trouble avec ses remarques acerbes.

Avoir su que Jessie-Ann prenait c't'autobus-là…

En arrivant à l'école, Joël se rua sur eux, visiblement excité.

— Savez-vous ce qui est arrivé à Alice ? dit-il avec une lueur dans les yeux.

— Non, quoi ? demanda Zach.

— Elle l'a VU, le fantôme !

— HEIN ?! Comment ça ?!

— T'sais, les vitrails dans l'auditorium ?

— Vitraux ! le corrigea Meg durement.

— T'sais, les vitraux ? se reprit-il sans se décourager. Ben pendant qu'a les regardait, les rideaux ont BOUGÉ !!!

— Ouain, mais y avait peut-être juste quelqu'un dans l'auditorium, plaida Zach.

— C'est ça, l'affaire ! En rentrant, on est vite allé voir si la porte était barrée, pis devine quoi ?

— T'as pilé sur une saucisse pis t'as jamais pu te rendre ? essaya Meg, sarcastique.

— Non, la porte était VRAIMENT BARRÉE ! fit Joël, sans faire attention à la flèche qu'il venait de recevoir en pleine tête.

— Oui, mais peut-être que la personne est sortie, pis qu'elle a rebarré la porte avant qu'Alice arrive.

— C'est ça qu'on a pensé, mais on est allés demander au concierge si y était allé, pis y a dit non.

— Mais le directeur aussi a les clés.

— Y est pas là.

— Oui y est là, rectifia Meg.

— Non, y est parti chercher les médailles pour la cérémonie de clôture de tantôt ; c'est la secrétaire qui nous l'a dit !

Le reste du groupe, fébrile, arrivait d'un pas rapide. Seul Émile demeurait plus calme. Ce fut d'ailleurs le seul qui pensa à demander :

— Ta mère, comment ça va ?

— Oh, *shit*! s'exclama le garçon dodu. S'cuse-moi, j'me souvenais pus pantoute de ça!

— C'est correct, fit Zach. Est en vie.

— Est-ce que c'est ben grave? s'enquit Alice.

— Ç'a fessé fort, mais ça devrait être correct.

— Fait qu'y vous a-tu raconté? demanda Maggie, qui comprenait qu'il n'y avait pas de quoi s'alarmer.

— Oui, mais vous êtes sûrs que c'est *vraiment* le fantôme?

— Ben j'vois pas ce que ça pourrait être d'autre!

— Pis t'es sûre que c'était pas un reflet que t'as vu dans la vitre?

— Non, j'ai vu le rideau, y a bougé, pour vrai de vrai! assura Alice.

— Fait qu'on fait quoi? demanda Joël.

— Ben… Je vois pas c'qu'on peut faire, répondit Zach. J'veux dire… OK, ç'a bougé, mais là, tout de suite, on peut rien faire à part surveiller.

— Bye, fit Meg brusquement, avant de s'en aller.

— Est ben bête, elle! souligna Joël.

— Pas tant que ça: a quand même dit « Bye »! lança Jade, un rire dans la voix.

— Ben non, est juste réaliste, répliqua Émile. On a un cours dans trois minutes, pis vous autres, vous jasez de fantôme… Moi aussi y faut que j'y aille. À plus.

— Ouain, on ferait mieux d'aller à notre cours, concéda Maggie… Mais c'est cool, Alice. On va essayer de voir si y aurait pas eu d'autres manifestations.

Cette histoire resta longtemps dans leur esprit. Malheureusement, il n'y eut aucun autre signe avant le congé des Fêtes.

CHAPITRE 27

LE PODIUM

L'avant-midi passa au rythme des anecdotes concernant les performances de la veille et, après le dîner, il y eut congé de cours. C'est à ce moment que furent remises les médailles.

Zach alla s'asseoir avec les autres dans la salle. Ses chances d'en recevoir une étaient maintenant nulles, étant donné les circonstances.

Le directeur prit la parole.

— Bonjour ! Cette semaine, nous avons pu expérimenter les plaisirs d'une saine compétition. Je suis très satisfait des résultats et très fier de vous tous, athlètes ET spectateurs. C'est dans une belle atmosphère que se sont déroulés les jeux et tout le monde a été respectueux.

Maggie et Jade toisèrent Jessie-Ann. Si UNE personne dans cette école n'avait PAS été respectueuse, c'était bien cette fille. Elle était assise devant, sa grande tête rousse dépassant de la foule. Comme d'habitude, sa troupe de suiveuses lui collait aux fesses. Même à ce moment, elle ne respectait pas ce qui se passait, jacassant avec ses amies pendant le discours de Jacques Létourneau. Meg sortit un baume à lèvres de sa poche et le lui lança à la tête.

— OW ! s'exclama bien fort la grande en se mettant à chercher d'où venait le coup.

— ... Et pour terminer en beauté cette expérience extraordinaire, continua le directeur, nous allons, cet après-midi, couronner les grands vainqueurs des olympiades !

Des applaudissements déchaînés s'élevèrent dans le gymnase. Certains élèves scandaient des noms. Des sifflements fusaient dans la cohue.

— J'aimerais donc inviter en avant tous les sportifs qui ont participé, s'il vous plaît.

À part ceux qui s'étaient désistés, les participants se levèrent pour rejoindre Jacques. Romann boitait, la cheville entortillée de bandages. Zach décida de rester assis. Il ne voulait pas se compter dans le lot sans avoir terminé les épreuves. Mais le directeur ne l'entendait pas de cette façon :

— Il me manque un élève ! Zachari Zed, c'est bon pour toi aussi.

Jade lui frotta le bras, l'encourageant ainsi à se lever pour aller rejoindre les autres. Ses amis tapaient dans leurs mains en criant pour l'encourager. Joël scandait son nom. Il finit donc par se joindre au reste du peloton, tentant de camoufler sa gêne.

— Ces garçons et ces filles se sont surpassés physiquement et mentalement pour atteindre de nouveaux buts. Pour repousser leurs limites et, dans le cas de certains, établir de nouveaux records. J'aimerais qu'on félicite toutes les personnes ici présentes pour leur discipline et leurs efforts !

Nouvelle vague d'applaudissements et de bruits de toutes sortes.

— Parmi eux, trois se sont démarqués plus particulièrement. Du côté des garçons. Pour la médaille de bronze, j'aimerais inviter sur le podium un élève de quatrième secondaire : Benjamin Lefort !

Le garçon monta sur la première marche en saluant ses comparses avec un sourire qui illuminait toute la place. Sa présence sur le podium en surprit quelques-uns. Oui, son parcours avait été brillant, mais pas au point de l'imaginer avec une médaille au cou. On l'applaudit quand même comme un roi.

— J'aimerais maintenant souligner le travail extraordinaire d'un élève de deuxième secondaire…

Tout le monde se tut. Il pouvait s'agir de n'importe qui. Et avec ce début de phrase, on ne savait plus très bien si le directeur remettait un prix, ou s'il rendait tout simplement hommage.

— … qui a vu son cheminement bousculé par un événement désolant…

La liste des principaux intéressés venait de raccourcir. C'est sur Zachari que le plus gros imprévu était tombé durant ces olympiades. Et Émile avait subi les contrecoups de cet imprévu. Donc techniquement, lui aussi avait vu son cheminement « bouleversé ». Mais la cheville foulée de Romann, avant la fin des jeux, faisait aussi partie des cas tristes. Et il restait probablement quelques cas obscurs ignorés de tous.

— … mais qui, malgré tout, a accumulé tellement de points que même en ne participant pas à deux des épreuves, il réussit aujourd'hui à remporter la deuxième médaille : Romann St-Jacques !

Les murs tremblèrent lorsque ce dernier vint réclamer son prix. Lui-même semblait ému et très fier.

À partir de ce moment, une vague de découragement traversa les sept amis. Romann était l'élève le plus sportif de l'école. S'il venait tout juste de remporter l'argent sans même avoir terminé les olympiades, son pointage devait être franchement élevé. Tandis que Benjamin, lui, s'était fait plutôt discret pendant tout le processus. Mais au final, il montait quand même sur le podium. Est-ce qu'Émile pouvait encore espérer se classer ? Il y avait encore tellement de garçons qui méritaient de gagner !

— Mais Romann n'est pas le seul à avoir dû s'arrêter en cours de route. J'aimerais porter à votre attention un incident qui a amputé le parcours d'un de nos athlètes, dont la mère a été victime d'un accident d'auto dans la matinée, mercredi dernier. C'est pour cette raison qu'il n'a pas pu terminer les olympiades dans les mêmes conditions que ses partenaires sportifs, et c'est avec courage qu'il passe à travers cette épreuve difficile. J'en parle parce que le jeune homme en question connaissait un brillant parcours et qu'il aurait peut-être eu l'honneur d'être décoré lui aussi aujourd'hui s'il avait pu continuer. J'aimerais donc qu'on lui témoigne de la sympathie et du soutien moral.

Les amis se levèrent de leur siège pour acclamer un des leurs, à travers les cris de toute l'école réunie. Le directeur n'avait pas dit son nom par souci de discrétion, mais la plupart des élèves savaient de qui on parlait, puisque les rumeurs circulent rapidement dans une école comme Chemin-Joseph. D'autant plus que seulement Maggie, Jade et Joël étaient debout pour applaudir, ce qui vendait un peu la mèche. Zach reçut cette vague d'amour comme une grande caresse qui le toucha profondément. Seules Jessie-Ann et ses amies firent semblant de ne pas avoir entendu et continuèrent à parler entre elles.

— Maintenant, j'aimerais remettre la médaille d'or à un participant qui non seulement a accumulé le plus haut pointage de l'école, mais a aussi su faire preuve d'humanisme lors d'une épreuve en venant en aide à un compagnon qui en avait besoin. S'il vous plaît, applaudissez comme il se doit : ÉMILE LACASSE !

Jade sauta sur ses pieds en hurlant. Maggie, Alice, Joël et Meg se levèrent également pour crier et taper des mains. Émile monta sur la première marche et reçut sa décoration en penchant humblement la tête. Il leva le pouce en direction de ses amis pour démontrer sa satisfaction. Zach le regardait, partagé entre un sentiment de fierté et de déception. Lui aussi aurait aimé gagner une médaille…

— Mesdames et messieurs : nos vainqueurs masculins de cette année !

Encore une fois, le délire général emporta les spectateurs dans le grand gymnase. Les trois médaillés eurent droit à une chaleureuse ovation debout, jusqu'à ce que le directeur reprenne la parole pour présenter les filles. Audré fut la seule lauréate de deuxième secondaire. Elle repartit avec l'argent.

La journée se termina par une grande danse dans le gymnase. Jusqu'à la fin de la soirée, les rires et la musique résonnèrent partout dans l'école.

CHAPITRE 28

MAGIE DE NOËL

Les fêtes furent différentes cette année-là. Sa mère étant toujours à l'hôpital, Zachari célébra Noël avec sa famille d'accueil temporaire, qui se résumait à Jacques et à ses deux enfants. D'habitude, la marraine de Meg et son mari venaient célébrer avec eux, mais cette année, ils avaient décidé de partir en voyage.

Le 24 décembre dans la journée, tout le monde se mit à la cuisine afin de concocter le repas du réveillon. Tout se passa plutôt joyeusement, dans une atmosphère agréable.

Ils soupèrent tôt et Jacques proposa ensuite d'aller rendre visite à Linda, ce qui souffla une grande brise de bonheur dans la tête de Zach. Bien qu'il lui parlât tous les soirs au téléphone, sa mère lui manquait terriblement. Ils s'habillèrent donc chaudement et sortirent dans le froid hivernal.

L'hôpital avait été décoré pour égayer les patients. Certains d'entre eux se promenaient en fauteuil roulant dans les couloirs aseptisés en quête d'un peu d'émotion. En passant devant une chambre, Meg aperçut une fillette d'à peine quatre ans couchée sur son lit, le teint jaune, plâtrée, livide. La petite respirait à l'aide d'une machine.

La minifille entra dans la chambre sans prévenir et toucha la main de l'enfant, sans rien dire. Ses yeux inexpressifs brillaient dans le noir, teintés par un sentiment d'impuissance qui la rendait folle. Son père avança et mit une main sur son épaule pour la ramener à la réalité. Leur réalité.

Meg revint vers Zach et Dominic, restés derrière, et continua à marcher vers la chambre de Linda.

Celle-ci eut un énorme sourire en voyant entrer les visiteurs dans son univers de blessée. Assise dans son lit, elle terminait un pudding au chocolat dégoûtant. Les plaies sur son visage commençaient à diminuer en intensité et le haut de son corps était maintenant mobile. Zachari se jeta dans ses bras, pendant que Jacques prenait place sur une chaise à côté, que Linda remerciait ce dernier et que Meg restait plantée debout près de la porte.

— C'est vraiment gentil de prendre soin de mon Tom-Tom, dit-elle. J'apprécie au plus haut point, et s'il y a quelque chose que je peux faire – n'importe quoi – pour vous rendre la pareille, gênez-vous pas pour me le demander. C'est votre fille, ça? Meg? Allô. J'ai tellement entendu parler de toi, j'suis contente de te voir!

— On s'est déjà vues, répondit la fille aux cheveux mauves qui ne bougeait pas de l'entrée. La fois que Zach s'est fait scotcher sur une porte, pis que vous avez pété une coche...

— Ah, mais cette fois-là, ça peut pas compter… Viens, approche, assis-toi si tu veux ; y a de la place au bout de mon lit.

Zachari pensa que jamais son amie n'oserait, mais fut surpris par la docilité avec laquelle elle obéit finalement. Jacques leva un sourcil, lui aussi étonné par le pouvoir d'attraction de Linda sur sa fille.

Ils discutèrent un bon bout de temps, de l'école, de l'hôpital, de Noël. Les deux parents racontèrent des anecdotes de leur enfance.

— Je me souviens, raconta Jacques, quand j'avais six ans. Ma mère avait fait un gros gâteau pour le souper de Noël. Ma sœur et moi, on avait tellement hâte d'en manger qu'on n'a pas pu se retenir : on allait fouiller dans la chambre froide toutes les dix minutes ! Personne s'en rendait compte parce que la chambre froide était en bas. Mais quand ma mère est allée chercher le gâteau, après le souper, y avait plein de trous dedans ! Tout ce qu'on a trouvé à dire, pour nous défendre, c'est : « Ça doit être le père Noël ! ». Et ma mère pouvait pas dire qu'on mentait parce que la seule façon de le prouver, ç'aurait été de dire que le père Noël existait pas… Et comme il *existe,* le père Noël… On a eu la vie sauve, ce soir-là ! !

— Ha, ha ! Nous aussi, il nous est arrivé une histoire avec un gâteau ! lança Linda. On recevait tout le monde, je me souviens, mes grands-parents étaient là ; mes oncles, mes tantes, mes cousins… Et ma mère avait cuisiné un gâteau, mais au lieu de mettre du sucre, elle avait mis du sel sans s'en rendre compte! La première personne à y goûter, c'était le nouveau chum d'une de mes tantes, et comme il venait tout juste d'arriver dans la famille, il a jamais osé dire que ça goûtait mauvais pour pas avoir l'air malpoli! Quand mon père a pris une bouchée à son tour, il l'a automatiquement recrachée dans son assiette et a dit au chum de ma tante : « Voyons donc, pourquoi tu nous as rien dit, toi ? ! ». Après ça, pendant des années, chaque fois qu'on invitait le chum de ma tante à souper, on lui disait toujours qu'on lui avait préparé un bon gâteau au sel pour dessert! « Juste comme tu l'aimes », qu'on disait! Ha, ha, ha!

Meg écoutait Linda parler et on devinait un sourire sur son visage. Ce moment était parfait. Dans dix ans, dans soixante ans d'ici, Zachari se souviendrait encore de ce Noël comme de l'un des plus beaux de sa vie. Rien d'extravagant. Pas de chichis. Pas de flaflas. Mais pour la première fois depuis longtemps, le sentiment d'être en sécurité. À la bonne place, au bon moment.

Le lendemain dans la maison des Létourneau, le soleil filtrait à travers le store et Dominic attendait au pied du lit de Zach en jouant avec ses blocs, sans se soucier du bruit qu'il faisait. Meg débarqua dans la pièce, s'assit à côté de son ami encore endormi et le brassa.

— Zed, debout.

Il sursauta et s'assit brusquement sur le matelas, prêt à combattre si la vie l'exigeait. Il cligna des paupières pour chasser le sommeil de ses yeux et réalisa que la vie n'exigeait pas qu'il se batte. Heureusement.

— C'est Noël, dit simplement son amie, sans entrain.

Puis elle se leva et quitta la pièce.

— No-ël, répéta l'enfant sans lever la tête de ses jouets habituels.

Le sapin brillait dans la clarté du matin. Des cadeaux attendaient là qu'on les développe. Zachari s'assit dans le fauteuil près du foyer en se grattant une cuisse. Un feu rugissait dans la cheminée, diffusant sa chaleur comme le bœuf sur Jésus dans la crèche.

Jacques vint les rejoindre, souriant, un café à la main.

— Bon ! On développe-tu ça, ces cadeaux-là ? ! lança-t-il, joyeux.

Il poussa une énorme boîte devant sa fille, qui fronça les sourcils en déchirant le papier. Comme elle n'avait jamais d'émotion précise sur le visage, il était difficile de deviner ce qu'elle pensait, mais son immobilité parfaite trahissait de la stupeur.

— Un *bass drum*, dit-elle.

— Oui ! Et puis… Ben… J'ai pas le choix de te dire que le reste de la batterie est dans les autres boîtes ! Hé, hé, hé !

Elle regarda son père très sérieusement et, sans rien ajouter, se leva pour aller le serrer dans ses bras.

— T'es contente Lulune ? demanda ce dernier. Tant mieux. Mme Tessier m'a dit que t'étais bonne.

Oh, et Zach! ajouta-t-il. J'ai un petit quelque chose pour toi aussi.

— Hein?

— Ben oui! C'est Noël, ça prend au moins un cadeau!

Le garçon prit le paquet tendu devant lui en ne sachant pas comment réagir. Il enleva le papier et trouva une superbe montre.

— J'ai vu que t'en n'avais pas, expliqua le père de son amie. Quand on est un homme, ça prend une montre!

— Wow… Merci!

— Fait plaisir! Astheure, que j'apprenne pas que t'as été en retard à un cours! Ha, ha, ha!

Dominic eut aussi sa part: des livres, des casse-tête et d'autres jouets susceptibles de capter son attention.

Ils déjeunèrent aux œufs et au bacon, ce matin-là. Le meilleur déjeuner depuis longtemps.

CHAPITRE 29

SOUVENIRS RETROUVÉS

Le retour en classe, après les vacances de Noël, fut difficile. Les élèves avaient pris l'habitude de se lever tard et de passer leurs grandes journées à s'amuser.

Zach et Meg étaient souvent allés patiner sur le lac artificiel du village. C'est lui qui avait appris à son amie comment faire. Au début, elle ne voulait absolument pas entendre parler de patins. Mais à force de la supplier, à force de jouer avec son orgueil en la traitant de peureuse, il avait eu raison d'elle. À la côtoyer de si près, il commençait à la comprendre un peu mieux. La convaincre ne se révélait plus si impossible, finalement. Et les colères de l'adolescente ne l'effrayaient plus. Ni ses menaces, d'ailleurs. D'accord, il faisait tout ce qu'elle voulait, mais parce qu'il le voulait bien. Rien à voir avec le risque toujours possible de se faire enterrer vivant avec des araignées et des rats qui lui mangeraient la peau.

Tout le monde fut absolument transporté de se retrouver en groupe, enfin. Jade sauta au cou de Zachari, qui sentit tout son intérieur s'embraser d'une chaleur plus chaude que la plus chaude des chaleurs chaudes. Maggie montra ses nouveaux vêtements, pendant que les garçons s'en foutaient vaguement ; Alice restait dans son coin à sourire gentiment ; Joël leur parla de son nouveau jeu vidéo, et Émile, de sa bicyclette de montagne que ses parents lui avaient achetée pour l'été suivant.

Rapidement, la vie reprit son cours normal. Beaucoup trop rapidement, même. On aurait bien pris une pause plus longue de Jessie-Ann et de ses manigances…

C'était un mercredi. Les paupières de Zachari menaient une lutte acharnée contre la fatigue, et à en juger par son visage, c'était la fatigue qui gagnait. Il dormait assurément très mal ces derniers temps. Et comme pour faire exprès ; le soleil refusait de se lever ce matin-là. À sa place, il avait envoyé la neige, qui dansait joyeusement dans l'air en diffusant partout dans le ciel une maussade couleur grise qui rendait tout le monde catatonique. N'importe quoi aurait été plus amusant que le gris du ciel, ce jour-là. Aller au salon funéraire aurait ressemblé à un tour de manège, à côté de la platitude du gris du ciel. Même compter des spaghettis aurait été plus amusant que le gris du ciel, ce jour-là. L'autobus venait juste de se stationner dans la cour d'école. Meg fronçait les sourcils depuis plusieurs minutes. Quelque chose n'allait pas. Jessie-Ann et ses copines avaient été beaucoup trop silencieuses, tout au long du trajet. On aurait dit qu'elles retenaient leurs rires, tout en parlant à voix basse. Aucune flèche, aucune moquerie. Même pas de regards. Rien. Ce n'était pas normal.

Quelques fumeurs grelottaient devant l'entrée, d'où Jade sortit brutalement, énervée et anxieuse.

— *OH MY GOOD!* dit-elle en apercevant ses deux amis. Vous pouvez pas rentrer dans l'école ; rentrez pas, j'vous l'dis, vous allez pas aimer ça !

— De quoi tu parles ? fit Zach, qui ne comprenait absolument rien.

— Je l'sais même pas comment vous le dire, c'est… C'est…

— R'garde, laisse faire, la coupa Meg, on va pas niaiser toute la journée !

Sans plus de cérémonie, elle passa devant et poussa les grandes portes. Zachari suivit aussitôt, désormais complètement réveillé et avide de savoir ce qui se passait. Jade ne trouva pas les mots pour les retenir et s'élança derrière eux, pour être témoin de leur réaction.

Dès qu'ils furent à l'intérieur, tous les visages se tournèrent instantanément vers eux. Sur certains on pouvait voir des sourires en coin se dessiner. Les gens chuchotaient en les pointant du doigt discrètement. Partout dans le grand corridor, on pouvait entendre un grand silence gênant[21].

---

21. Très illogique comme phrase. Le silence, ça ne fait pas de bruit. Donc on ne peut pas l'ENTENDRE. C'est comme si je vous demandais de respirer du jaune. C'est impossible ! Si ça se pouvait, les médecins diraient tout le temps : « Ce patient ne respire plus ! Donnez-lui du jaune ! DONNEZ-LUI DU JAUNE, POUR L'AMOUR DU CIEL !!! » (NDA)

— C'est quoi le problème, qu'est-ce qui se passe?! murmura Zach.

Et d'un seul coup, il comprit. Là, sur le mur du fond, quelqu'un avait accroché une grande affiche sur laquelle on pouvait voir une photo de lui et Meg en train de s'embrasser. Juste au-dessus, en grosses lettres noires, il était écrit: « ZIZI + LA GOTHIQUE ».

Par un heureux hasard, Jessie-Ann tenait son appareil photo entre ses mains, au moment du fameux bec. En un simple clic, elle avait capté le moment. Et aujourd'hui, elle s'en servait comme outil de vengeance, pour les ridiculiser.

— Heille, *what's up*, Zizi?! lança un garçon de quatrième secondaire en passant devant lui.

Des dizaines de rires éclatèrent tout autour. Zach sentit son visage devenir cramoisi de honte.

Meg ne voyait plus clair. Tout son petit corps tremblait de rage. Elle avança vers l'affiche, qu'elle arracha d'un geste sec, et l'enfonça dans la poubelle la plus près.

— Y en a partout dans l'école…, laissa tomber Jade sur un ton désolé.

Jessie-Ann choisit exactement ce moment pour faire son apparition. Normalement, la minifille se serait jetée sur elle pour lui servir la pire raclée de tous les temps. Mais la grande quenouille avait pris soin de faire coïncider son entrée avec celle de Bob, le surveillant. Sauter sur elle aurait donc été un effort inutile et insatisfaisant, puisqu'en trois secondes une figure d'autorité serait intervenue en arrêtant tout. La rouquine ajouta l'insulte à l'injure en lançant un clin d'œil en direction du trio d'amis, juste avant de s'éloigner.

— HEILLE, VOUS SAVEZ PAS QUOI?! fit Joël en arrivant soudainement près d'eux, un peu essoufflé. Y a des photos de vous autres partout dans l'école!!

Il n'obtint aucune réponse.

— OK, vous… Vous le saviez…, constata-t-il.

La cloche sonna.

— Ouain, ben en tout cas, j'vais… J'vais aller à mon cours, moi-là…, fit le blond, sentant que, de toute façon, il arrivait à un mauvais moment. En tout cas, on… On se voit à midi… OK, ben… À tantôt!

— Moi aussi j'vais y aller, déclara Jade en reculant. Inquiétez-vous pas, on va toutes les enlever. C'est juste une conne.

Un temps passa.

— Qu'est-ce qu'on va faire? demanda Zach, incertain.

— Va-t'en.

— Ben là! Tu peux pas être fru après moi!

— Zed, fais juste t'en aller. S'te plaît.

Ne pouvant plus argumenter, il partit, la laissant là, toute seule.

En faisant le tour de l'école pour enlever toutes ces affiches ridicules, l'adolescente prit le temps de réfléchir. Sa patience avait atteint ses limites. Jessie-Ann lui tombait franchement sur les nerfs. Meg voulait bien faire les efforts nécessaires pour éviter la colère de son père et l'expulsion, mais ça ne pouvait plus continuer comme ça. Avec Jimmy, l'année précédente, tout était beaucoup moins compliqué. Il avait eu le chic d'attaquer directement, avec des gestes précis et clairs. Mais cette fille, cette insupportable magouilleuse, agissait plus subtilement… Comme pour se laisser la chance de se cacher derrière ses magnifiques cheveux roux et son visage d'ange en cas de…

Et soudain, elle eut une idée.

CHAPITRE 30

SAMSON

Max distribuait le devoir de la journée. Il le faisait toujours en début de cours. Meg traversa le local et s'assit sur une chaise de la dernière rangée, comme d'habitude, en s'enfonçant une gomme aux fraises dans la bouche. C'est à ce moment que Jessie-Ann fit son entrée. En la voyant, assise là toute seule au fond, un frisson de satisfaction traversa tout son corps.

— Heille, j'ai vu qu'y avait des photos de vous partout dans l'école, lança la grande perche sur un ton rempli de fausse compassion, en s'asseyant au pupitre d'en avant. C'est poche, ça…

Quelle sale hypocrite! Quelle personne laide et méchante! Plus aucun doute maintenant : cette fille incarnait le Mal pur et véritable. Ce visage parfait était en réalité un masque! Si on l'enlevait, on tombait face à face avec une tarentule géante venue de l'enfer, qui survit en suçant l'âme des êtres humains!

Meg ne répondit rien et continua de la fixer de son regard le plus noir.

— En tout cas, j'espère que ça vous causera pas trop de problèmes…

Puis, en ayant peine à se retenir de rire, la rouquine se retourna vers le prof, qui commençait son cours.

C'était parfait. Jessie-Ann venait de tomber tout droit dans le piège. Sans le savoir, elle avait fait exactement ce qu'il fallait : prendre cette place précise, en provoquant une fois de plus celle qui ne demandait qu'à être nourrie d'ondes négatives pour agir sans se sentir coupable. Meg fit tourner sa gomme dans sa bouche et commença à en défaire un minuscule morceau entre ses dents. Puis, une fois celui-ci isolé sur le bout de sa langue, elle le souffla délicatement dans la crinière somptueuse de la pimbêche. Cette dernière ne se rendit compte de rien. La particule était trop petite pour se faire sentir en atterrissant dans le rideau de cheveux, mais juste assez grosse pour y rester accrochée.

Un deuxième morceau fut expulsé vers la tête de la grande autruche[22], puis un troisième.

— Heille, dit Jessie-Ann en se retournant soudainement.

Meg leva les sourcils, persuadée qu'une pluie d'insultes allait bientôt s'abattre sur elle.

— J'pense à ça, y paraît que… Comment y s'appelle, déjà ? Zachari ? Y paraît qu'y habite chez toi ? Ton père, y le sait-tu que vous « frenchez » ? Parce que ça serait chien que le directeur ait vu ça sans le savoir d'avance.

---

22. C'est chien pour les autruches ! (NDA)

À nouveau, elle reprit sa position initiale, bien fière de son coup. Les cheveux de la minifille vibraient, tellement la rage l'animait.

Calme-toi, dit la voix dans sa tête. *Y te reste encore plein de gomme. Pis une heure de cours.*

CHAPITRE 31

TOC, TOC, TOC !
QUI EST LÀ ?

Le jour suivant, quand Zach et Meg montèrent dans l'autobus, un silence de mort pesait sur les rangées de sièges. Tout au fond, en sourdine, Jessie-Ann pleurait, une tuque sur la tête. Ses grands cheveux avaient disparu. Meg se rendit jusqu'à elle et dit, d'une voix trop douce pour être complètement innocente :

— Ayoye, qu'est-ce qu'y s'est passé avec tes cheveux ? Y étaient tellement beaux, t'aurais pas dû t'les faire couper !

Puis, sans en faire plus de cas, elle retourna s'asseoir près de son compagnon aux grandes oreilles, qui ne comprenait rien de ce qui se passait :

— Qu'est-ce que…

— Laisse faire ça, l'interrompit-elle.

La même semaine, François-Xavier, le clown de service, décida d'organiser une grande fête chez lui pour son anniversaire. Pratiquement tous ceux qui partageaient un cours avec lui furent conviés. C'est Émile qui reçut l'invitation et proposa l'idée au reste du groupe.

— Un party? Qu'est-ce qu'on irait faire là, on y parle même pas à F.-X.! lança Joël, pas très emballé.

— Justement, ça serait une bonne façon de se mêler au monde! On parle jamais à PERSONNE, pratiquement.

— Moi ça me tente, fit Alice. C'est vrai que ça serait une bonne idée. Maggie, veux-tu venir avec moi à ma case? Faut que j'aille chercher mon livre d'éthique.

— OK. Pis oui, pour le party à F.-X. Moi aussi ça me tente.

Les deux filles quittèrent les lieux, laissant les autres derrière. Zach consulta Meg, pour savoir ce qu'elle pensait de tout ça. Évidemment, elle s'en foutait.

Après quelques minutes, Alice et Maggie revinrent en courant, apeurées.

— ON L'A ENTENDU!!!!!

— QUOI ÇA?! demanda Joël, déjà prêt à se joindre à la panique.

— Le fantôme! On l'a entendu!

— Où ça?! s'enquit Zach.

— La case à Alice, t'sais, est au fond du couloir, juste avant la section pas rénovée? Y a comme des portes au fond avec une pancarte dessus pour nous empêcher d'y aller? Ben y a quelque chose qui a fait bouger la porte, mais *de l'autre côté!!!*

— Vous êtes sûres que c'est pas quelqu'un qui y est allé même si y a pas le droit?

— Ça m'étonnerait: la porte est super dure à ouvrir, pis pour vrai y a jamais personne qui va là ! Depuis le début de l'année que mon casier est là, pis j'ai jamais entendu personne, sauf les autres qui ont leur case à côté de la mienne…

— Qu'est-ce qu'on attend pour aller voir ? fit Meg.

— Non, moi je r'tourne pas là ! protesta Alice, terrifiée.

— Ben reste ici, d'abord ! Nous autres, on va aller voir, décida Émile, excédé d'entendre parler de cette histoire de fantôme.

Si la chance de prouver que tout ça n'était que des sottises se pointait, il serait le premier à la saisir.

Les cinq amis se mirent en route, laissant les deux filles plantées là. Celles-ci décidèrent de les suivre, finalement, au cas où il se passerait quelque chose d'intéressant. Et après tout, c'était beaucoup moins épeurant avec les garçons.

La porte ne bougeait plus. Zach donna quelques coups de pied dedans, question de provoquer ce qui se trouvait de l'autre côté, mais rien ne se produisit.

Émile s'impatienta et poussa de toutes ses forces pour l'ouvrir. Les filles ne mentaient pas quand elles disaient qu'il était difficile de la faire céder.

Il se passa encore une dizaine de minutes pendant lesquelles chacun essaya de forcer le passage. Sans résultat.

— Quessé vous faites là, vous autres ? ! dit une voix dans leur dos.

Ils sursautèrent. Le concierge venait de les prendre sur le fait. Encore une fois, il avait su où les trouver, au pire moment. Zachari commençait véritablement à le soupçonner de pratiquer la sorcellerie.

— Vous savez pas lire ou quoi ? C'est écrit en grosses lettres que vous avez pas le droit d'entrer là ! Vous allez venir avec moi tout de suite ! Toute la gang ! ordonna le vieil homme.

Il les traîna jusqu'au bureau du directeur. Celui-ci se dit terriblement déçu de leur comportement.

— Oui, mais c'est parce qu'Alice a entendu du bruit qui venait de l'autre bord ! plaida Joël.

— Impossible, trancha Jacques. Y a personne qui va là, jamais. Y a rien de l'autre côté. Même que c'est dangereux !

— Mais on pense que c'est peut-être le fantôme, lança Maggie en sachant très bien que son argument ne passerait pas.

— Quel fantôme ? ! Les fantômes, ÇA N'EXISTE PAS ! Vos parents vous ont jamais appris ça ? Mégane, d'ailleurs, je comprends pas ce que tu faisais là toi aussi ! On en a déjà parlé. Tu le *sais* que je ne veux pas que les élèves aillent là !

Pour toute réponse, elle se lécha la lèvre inférieure en tournant son regard vers un coin isolé de la pièce.

— En guise de punition, vous allez tous me faire une rédaction de cinq cents mots sur l'importance d'observer les règlements. Je veux ça sur mon bureau demain matin. Et je vous conseille de ne pas oublier ! Allez-vous-en, maintenant.

CHAPITRE 32

CLASSIQUE

C'était une belle journée de printemps, vraiment chaude. La neige fondait doucement en laissant de grandes flaques d'eau un peu partout. La cloche venait de sonner pour l'heure du dîner et toute l'école crépitait de bonne humeur. Zach referma son casier, prêt à aller rejoindre les autres, quand Jade arriva à côté de lui, visiblement triste. La lumière ne brillait plus dans ses grands yeux, normalement étincelants de malice. Ses épaules étaient tombantes. Même l'éclat de sa peau semblait plus terne.

— Qu'est-ce qu'y se passe, t'es-tu correcte?? demanda Zach, inquiet.

— Non. Viens dehors avec moi s'te plaît... répondit-elle, la mort dans l'âme.

Ils marchèrent jusqu'au terrain de soccer et s'assirent dans les estrades, où Zach attendit patiemment qu'elle se sente prête à lui dire ce qui la mettait dans un tel état.

— J'ai vu Émile avec Ellie, tantôt, pis y arrêtaient pas de rire ; j'suis sûre qu'y l'aime ! dit-elle enfin d'une voix que l'émotion rendait aiguë.

Il comprit instantanément le sous-texte de cette confidence et encaissa le coup comme un lutteur qu'on met K.-O. C'est tellement dur d'entendre la fille qu'on aime pleurer pour un de nos amis! Il essaya malgré tout de la réconforter, mais sa tête hurlait de désespoir en lui envoyant des pensées qui contredisaient toutes ses paroles.

— Tantôt, continua Jade, j't'allée le voir pour y demander son cahier de notes. Là y me l'a donné, pis après c't'ait comme si j'existais pus! Genre qu'y a continué à rire avec l'autre, pis c'était même pas si drôle que ça, c'qu'a disait!!!

— Ben oui, mais ça veut rien dire… Moi aussi je ris avec d'autres filles, des fois.

Sauf que ça compte pas vraiment: c'est Maggie pis Alice…

— Ouain, mais toi, c'est pas pareil.

— Hé, hé…

Pourquoi tu dis ça?!?!?!

— Penses-tu qu'y vont sortir ensemble?

— Sûrement pas… Peut-être que tu t'énerves pour rien, là…

D'un autre côté, si y sortent ensemble, y va peut-être te lâcher un peu! Depuis l'année passée, y est tellement après toi que tu remarques rien d'autre que lui!

— J'comprends pas! Pourtant y la connaissait l'année passée, pis y se parlaient jamais! Pourquoi là, tout à coup, y sont toujours ensemble? Qu'est-ce qu'elle a de plus que moi, elle? Tu la trouves-tu belle, toi?

— Ben… Est correcte, là…

C'est TOI que je trouve belle!!!!

— Qu'est-ce que je devrais faire? Penses-tu que je devrais y dire, que ça me fait quelque chose?

— Euh... Peut-être. Peut-être qu'y le sait juste pas que tu l'aimes, pis que ça changerait quelque chose de le savoir.

Pourquoi c'est pas à LUI que tu parles de MOI?! Parce que moi je te ferais jamais ça! Je la regarderais même pas, Ellie!

Puis il ajouta, pour la faire sourire:

— Pis si tu y dis, pis qu'y est pas fin avec toi, tu viendras me voir. J'vas aller le battre.

Mais sa tête répliqua quand même: *Oh non, viens PAS me le dire! Parce que je pourrais ben avoir envie de le faire pour vrai!*

La phrase fit son effet. Jade sourit tristement et pencha sa tête sur l'épaule de son ami en disant:

— T'es tellement fin, Zach. T'es vraiment mon meilleur ami.

NOOOOOOOOOOOOOOOOOOON!!!!!!!!

CHAPITRE 33

RÉUNION AU SOMMET 2

*LaFée♥ vient de se joindre à la conversation

• Jadistounette dit :
J'avoue ! Mais t'sé, pourkoi CE LOKAL-LÀ ?

• Wizzard13 dit :
p-e c ds ce local la ki est mort

• LaFée♥ dit :
De quoi vous parlez ?

• Zach dit :
À matin on avait un cours de science, pis quand on est arrivez, la fenêtre était ouverte. Pis Fred nous a dis que ça arrive super souvant.

• LaFée♥ dit :
Que la fenêtre soit ouverte ?
Jadistounette dit :
Oui !

• LaFée♥ dit :
Ok... pis c'est quoi le rapport ?

• Wizzard13 dit :
Fred y di ke c p-e le fantom

• Zach dit :

Parce que le jour 2, ces lui le dernier qui prend le local à la dernière période.

• Jadistounette dit :

Pis le jour 3, à la 1re période, on a un kours avek lui. Pis y nous a di k'y ouvre jamais les fenêtres, mais des fois, kand on arrive le matin, la fenêtre est ouverte !

• Wizzard13 dit :

Genr ki a eu personne ds classe entre lé 2 p-riode ak lui : l'école étai fermé !

• LaFée♥ dit :

C'est peut-être le concierge.

• Zach dit :

Pourquoi le concierge ouvrirais juste une fenêtre dans toute l'école pendant la nuit ?

• LaFée♥ dit :

Ouain... c'est vrai que c'est bizarre.

*Olfacman vient de se joindre à la conversation

• Wizzard13 dit :

Pi c po la seul affair ki arrive yen a plein dotre

• LaFée♥ dit :

Comme quoi ?

• Olfacman dit :

De quoi vous parler ?

• Jadistounette dit :

Du fantôme.

• Olfacman dit :

ENCORE ÇA ? !

• Wizzard13 dit :

emile, tu comprend po ! la c vrai !

• LaFée♥ dit:
Attendez, là, vous alliez me dire d'autres
affaires qui se sont passées!
• Zach dit:
Jo m'a déjà dit que les douches sont
mouillez des fois le matin.
• Wizzard13 dit:
Po juss sa! son mouillé avant kc tou
lmonde arrive!
* **Alice vient de se joindre à la
conversation**
• Olfacman dit:
Ça se peut pas ça, je l'ai déjà dis! les
fantômes prennes pas leur douche sa pas
rapport!
• Wizzard13 dit:
Non mai pour se manifesté! p-e ki fai juss
partir l'o!
• Alice dit:
Le fantôme, ça?
• Jadistounette dit:
Oui!
• Alice dit:
Nous autres aujourd'hui, Éric nous a dit
qu'une fois y était resté très tard le soir
pour finir de la correction, pis quand y est
parti, y a entendu comme une voix qui
chantait, en passant dans le corridor! Il
savait pas d'où ça venait! Genre que c'est
full épeurant!
• Jadistounette dit:
HEIN!

• Olfacman dit :

C'tais surment un autre prof !

• Alice dit :

Ça serait surprenant parce qu'y était
quelque chose comme 11h le soir ! Même le
concierge était parti.

• LaFée♥ dit :

Pis a chantais quoi la voix ?

• Alice dit :

Eric y a dit qu'y entendait pas super bien.
C'était plus comme un genre de mélodie
pas forte. Comme un échos.

• Zach dit :

Moi j'ai déjà lus sur un site que toute les
nuits, y a une lumière qui s'allume tout
seul dans l'école.

• Olfacman dit :

Chus sur que c'pas vrai

• LaFée♥ dit :

J'aimerais tellement ça savoir c'est quoi,
pour vrai !

• Zach dit :

Meg a dis qu'on devrais aller le pogner.

• Wizzard13 dit :

Kess sa veu dir ?

• Zach dit :

À dit qu'on devrait essayez de pognez le
fantôme.

• Jadistounette dit :

Komment on pogne ça un fantôme ?

• LaFée♥ dit :

Ouain comment on ferait ça ?

- Alice dit :

Zachari ?

- Zach dit :

Attendez, a me parle.

- Olfacman dit :

On pognera rien de toute façon : YEN A
PAS DE FANTÔME

- Zach dit :

A dis qu'on devrais se cacher dans l'école
un soir pour voir ce qui vas se passez.

- Jadistounette dit :

Moi j'suis game !

- Alice dit :

Eille je pourrais même emmener mon jeu
de Ouija ! Comme ça si y se passe rien on
pourrait essayer de l'appeler !

- Wizzard13 dit :

Fo jmen aille le soupé é prè

- LaFée♥ dit :

Moi aussi, mais on pourrait en reparler
demain ?

- Olfacman dit :

Moi j'men fous, de toute façon chus sûr
qu'y a rien

- Zach dit :

OK ben on en reparleras demain d'abord.
Au diner à case à Jade comme d'habitude ?

- LaFée♥ dit :

Oui ! À demain ! !

- Wizzard13 dit :

Chow tlm !

- Alice dit :

Bye-bye ! xxxxxxx

• Zach dit :

Bye !

*LaFée♥ vient de se déconnecter

*Wizzard13 vient de se déconnecter

*Zach vient de se déconnecter

*Alice vient de se déconnecter

• Jadistounette dit :

Émile ?

• Olfacman dit :

Oui

• Jadistounette dit :

Lol tu t'en vas même pas !

• Olfacman dit :

Mdr toi non plus !

• Jadistounette dit :

Tu fais koi ?

• Olfacman dit :

Je rgarde des vidéos. Toi

• Jadistounette dit :

j'écoute d'la musik

• Olfacman dit :

Tu vas tu au party à FX ?

• Jadistounette dit :

Je sais pas enkore. Toi ?

• Olfacman dit :

Juste si tu y vas

• Jadistounette dit :

Lol

• Olfacman dit :

Pour vrai

• Jadistounette dit :

Pis Ellie ?

• Olfacman dit :

FX l'a inviter mais je sais pas si a vient

• Jadistounette dit :

Kool.

• Olfacman dit :

2k faut que j'y aille

• Jadistounette dit :

OK bye !

*Olfacman vient de se déconnecter

CHAPITRE 34

UN PROJET

Dominic était assis sur le plancher de la chambre d'amis et jouait avec ses blocs de couleur, qu'il assemblait par groupes en formant une sculpture hétéroclite. À côté de lui, installés en indien sur le lit, Meg et Zach discutaient.

— Comment tu veux faire ça? demanda ce dernier. L'école est fermée la nuit, pis en plus c'est super loin, on n'est quand même pas pour demander à ton père d'aller nous reconduire pis de nous ouvrir la porte!

— On a juste à pas partir de l'école.

— Attends… Tu veux dire…

— On va à l'école, comme d'habitude, sauf qu'à place de prendre l'autobus à la fin de la journée, on reste là pis on se cache jusqu'à temps qu'y aille pus personne.

— OK, mais comment on va faire pour r'venir chez nous après?

— On revient pas.

— Hein?

— On fait ça le vendredi. On s'organise pour passer la fin de semaine à l'école, pis on revient avec l'autobus du soir le lundi.

— Pis qu'est-ce qu'on dit aux parents ? Qu'on passe la fin de semaine à l'école ?

Dominic se fâcha et donna un coup dans ses blocs, qui volèrent partout dans la pièce.

— Minic, le réprimanda sa sœur doucement. C'est pas gentil, ça. Ramasse ton dégât.

— Ra-masse ton dé-gât, répéta le petit de sa voix rêveuse en s'affairant.

Un moment passa, pendant lequel Meg réfléchit en scrutant le vide.

— Une fin de semaine de camping, lança-t-elle finalement.

— Quoi ? fit Zach, pas certain de bien saisir.

— On va faire croire aux parents qu'on part en fin de semaine de camping organisée par l'école.

— Du cam-ping…, répéta encore Dominic, qui avait recommencé à assembler des formes avec ses jouets.

— Mais ton père ?! réalisa Zach. On peut pas y dire qu'on s'en va en camping avec l'école !! Y va le savoir que c'est pas vrai : c'est le directeur !!

— Mon père, on a juste à y dire qu'on s'en va passer la fin de semaine chez Alice.

— Pis y va nous croire ??

— Ben oui. Y va tellement être content que je voie du monde qu'y posera même pas de questions.

L'idée était géniale. D'une part, leurs parents ne les chercheraient nulle part. Quand on dort chez une amie, il est très facile pour une mère ou un père de passer un coup de fil pour s'assurer que tout va bien et que son enfant est vraiment à cet endroit. Mais en camping, on n'utilise aucune technologie. Les parents ne s'apercevraient donc jamais de la manigance. D'autre part, en demeurant à l'école le vendredi soir, on évitait toute la question du transport. L'école Chemin-Joseph était située à l'écart du village. S'y rendre à pied aurait pris toute la vie. Bien sûr, ils pouvaient faire le trajet en vélo mais, ce faisant, ils laisseraient des indices de leur présence. Parce qu'une bicyclette, ça ne se cache pas dans une poche de pantalon[23]. Ainsi, en supposant que le départ pour le « camping » s'effectuerait le vendredi en soirée, le problème se réglait de lui-même. Ils n'avaient qu'à se cacher dans l'école, et ni vu ni connu. Leur fin de semaine de chasse au fantôme pourrait commencer sans que personne ne le sache !

— Sauf qu'on va se cacher où, en attendant qu'y aille pus personne ? questionna Zach.

— C'est ça que j'sais pas.

— On pourrait aller dans la pièce secrète…

— Non. J'ai trop peur que les autres se rappellent c'qui est arrivé, en la voyant.

— Comment ça se peut, ça ?

— Ben… Quand tu vis que'que chose de traumatisant, ton système de défense peut faire en sorte que t'oublies tout. Mais des fois, si tu retournes sur les lieux où c'est arrivé, ta mémoire revient au complet d'un seul coup.

---

23. Sauf si on porte un MAUDIT GROS PANTALON ! (NDA)

— Ouain… mais en même temps, c'est la meilleure place pour se cacher. N'importe où ailleurs, y a quelqu'un qui peut nous voir… Moi j'dis qu'on essaye, pis si jamais ça leur rappelle c'qui est arrivé, on leur dit. C'est tout. Sont capables de comprendre, là…

Une ombre passa sur le visage de la minifille. L'idée ne lui plaisait pas particulièrement. Mais avant même qu'un argument ne se forme dans son esprit, Jacques ouvrit brusquement la porte, faisant sursauter tout le monde.

— Mégane, sont où les épices à salade ? demanda-t-il.

— Du cam-ping…, dit encore Dominic, accroché sur la phrase.

Zach et Meg se raidirent en entendant l'enfant dévoiler sans le vouloir leurs manigances. Mais son père n'y porta pas attention, habitué qu'il était à ce que son fils répète au hasard des bouts de conversations.

— Dans l'armoire au-dessus du Fridge, répondit Meg de façon expéditive.

— Merci !

Il referma pour retourner à sa cuisine.

— OK. Ben… Go ! C't'une bonne idée, le camping.

— Je l'sais. Mais j'suis vraiment pas sûre pour la pièce secrète.

— J'te l'dis, fais-moi confiance. Ça va être ben correct.

Vint le temps de passer à table, ce qu'ils firent en vitesse, afin de pouvoir retourner à leurs préparatifs. Ils passèrent le reste de la soirée à élaborer leur idée, détaillant d'abord la liste de ce dont le groupe aurait besoin pour les deux jours prévus, et fouillant ensuite sur Internet pour trouver des informations sur la chasse aux fantômes.

Ils apprirent notamment que le sel était le meilleur ingrédient pour empêcher un esprit de pénétrer dans une pièce ou un espace. Il suffisait d'en répandre devant les portes et les fenêtres, ou tout autour de l'endroit qu'on veut protéger, comme une barrière. Pour une raison obscure, les spectres ne sont pas capables de passer par-dessus du sel. Meg alla immédiatement chercher une boîte de sel de mer dans le garde-manger et l'enfouit dans son sac.

— Comme ça, on l'aura déjà.

Zach fit une recherche sur les symboles et leur signification. Après quelques trouvailles inutiles, il traça le dessin suivant dans son Journal de bord :

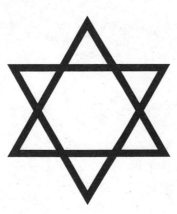

— C'est quoi ça? demanda Meg.

— C'est l'étoile de David. Apparemment que ça représente « la liaison entre le monde visible et le monde invisible », pis que ça « détient un grand pouvoir de protection contre les forces du Mal ». J'me suis dit que ça pourrait peut-être servir.

— Hmm… OK.

CHAPITRE 35

SOULAGEMENT

On avait tamisé les lumières. La musique jouait fort et il y avait déjà beaucoup de monde chez François-Xavier. Ce dernier dansait debout sur une chaise, euphorique. Meg et Zach descendaient les escaliers d'un pas hésitant, gênés d'entrer dans un univers qu'ils ne connaissaient pas. L'air empestait la fumée de cigarette. Des assiettes en carton et des verres de plastique encombraient les meubles. Sur la table placée là pour l'événement, un énorme gâteau attendait qu'on le finisse. Il en manquait déjà plusieurs morceaux. Des confettis jonchaient le sol de ciment, au même titre que des serpentins usés et des guirlandes amochées. On entendait des rires aigus, provenant de filles énervées qui voulaient attirer l'attention. Parmi elles, Jessie-Ann. Belle, grande, entourée de ses fidèles amies dévouées ; on pouvait difficilement la manquer. Ses cheveux étaient coiffés en un magnifique petit mohawk très féminin, avec des petites mèches rebelles qui partaient dans tous les sens. Cette coupe lui allait magnifiquement bien. Au grand désespoir de Meg, qui regretta presque son geste. Le reste des invités parlaient fort pour essayer de couvrir le son de la minichaîne stéréo qui crachait ses notes en décibels étourdissants.

— TU VOIS-TU LES AUTRES, TOI ? cria Zach à travers le bruit.

La minifille hocha la tête de gauche à droite en continuant d'inspecter les lieux d'une attitude neutre.

Lui, qui commençait à la connaître, savait que sous cette apparence imperturbable se cachait un tigre prêt à sortir ses griffes. Elle était clairement sur ses gardes. Il lui prit le poignet et l'attira vers la fête. Après tout, ils ne pouvaient pas rester entre deux étages jusqu'à la fin de la soirée.

Ils avançaient parmi les fêtards en cherchant un endroit où se poster en attendant les leurs, quand Jade apparut devant eux. Elle devait crier pour se faire entendre à travers la musique.

— ENFIN, VOUS ÊTES LÀ ! GENRE QUE ÇA FAIT UNE DEMI-HEURE QUE J'SUIS TU-SEULE ! LES AUTRES SONT OÙ ? ÉMILE EST-TU ARRIVÉ ?

Zach remarqua du maquillage sur les yeux de sa belle amie et comprit que cette attention particulière était pour celui qu'elle cherchait. Il ravala la boule d'amertume qu'il avait dans la gorge et répondit qu'il n'avait vu personne encore.

Ils se groupèrent dans un coin moins achalandé et attendirent. Bientôt, Alice et Maggie entrèrent, suivies de Joël, qui se demandait déjà ce qu'il faisait là. Émile fut le dernier à se pointer. Les yeux de Jade s'illuminèrent en le voyant marcher vers eux.

— YO ! fit cette dernière, l'air joyeux.

— HEILLE, T'ES MAQUILLÉE ! C'EST BEN HOT !

Elle rougit en entortillant une mèche de cheveux autour de son index. Meg balança son poids sur sa jambe gauche et leva les yeux au plafond en expirant, pendant que Zach concentrait toute son attention sur la pointe de ses pieds. Maggie et Alice ricanaient, complices, et Joël contemplait la horde d'adolescents qui se déhanchaient sur le plancher de danse.

Un garçon se donnait en spectacle, effectuant des mouvements de *break dancing*. Les filles s'étaient massées autour en criant.

— J'AI SOIF ! dit soudain Émile.

— J'PENSE QU'Y A DU PUNCH LÀ-BAS ! l'informa Maggie.

Quelqu'un baissa soudain le son.

— HEILLE TOUT L'MONDE !!!

Le silence se fit progressivement tout autour. La fille qui voulait qu'on l'écoute avait un piercing dans le milieu de la joue. Zach reconnut Aurianne, avec qui il partageait un cours de maths.

— F.-X., peux-tu venir ici S. T. P., parce que vu que c'est ta fête, Charlotte pis moi on t'a préparé une surprise !

Le concerné s'avança gaiement, pendant que ses invités s'esclaffaient devant sa démarche burlesque.

— Ça me fait capoter, chuchota Zach à Meg. Lui, peu importe c'qu'y fait, y est drôle ! R'garde, c'est fou! Y fait juste marcher pis tout le monde sont crampés!

— Le monde c'est SINGULIER, Zed! On dit: «tout le monde EST crampé».

— Ouais, ben, en tout cas… C'est ça, là. F.-X., y fait rire tout le monde…

— Ouain pis?

— Ben… Je l'sais pas. Y est cool. Tu le trouves pas cool?

— Je l'sais-tu, moi?!

Charlotte passa un foulard autour de la tête du fêté pour lui cacher la vue et le fit tourner sur lui-même. Pendant ce temps-là, Aurianne alla chercher un sac qui contenait une boîte pleine d'œufs, qu'elle distribua aux gens les plus près. Le même manège fut répété avec du gruau sec, de la moutarde, un pot de mayonnaise et un petit carton de lait.

Puis, dans une série de gestes et de mimiques, elle expliqua que le jeu consistait à tout verser sur la tête de François-Xavier.

— Pourquoi y a pus personne qui parle? s'inquiéta ce dernier.

Tous s'esclaffèrent encore, ayant de la difficulté à contenir leur excitation. Charlotte leva le poing dans les airs et fit un décompte avec trois doigts. Lorsqu'elle pointa le ciel en guise de «go!», une pluie d'ingrédients s'abattit sur la tête du fêté, qui hurla de surprise. Sans relâche, on l'enduisit de textures de toutes sortes, en prenant soin d'en étendre partout sur sa peau et ses vêtements. Au bout de quelques secondes, ses cheveux étaient remplis de gruau collant, à cause du mélange avec le lait et les œufs, et dégoulinaient sur son visage. Une sorte de folie s'empara de tout le monde. F.-X. hurlait de rire en essayant de se protéger. Après quelques minutes, il se leva, arracha son bandeau et attrapa Aurianne en la serrant contre lui le plus possible, pendant qu'elle se débattait, sans pouvoir s'arrêter de rire elle non plus.

— Le premier qui me fait ça, je l'frappe, ha, ha ! lança Jade.

— Quoi, tu voudrais pas que j'te beurre en me collant su' toi ? fit Émile en joignant le geste à la parole.

Ce rapprochement subit prit la belle de court. Elle réagit en ricanant nerveusement.

— T'es con ! dit-elle en le tapant à la hauteur de la clavicule, coincée entre ses bras.

Meg regarda subtilement du côté de Zach, qui, enfoncé sous sa casquette des Nordiques, faisait semblant de ne pas remarquer le manège des deux tourtereaux. Mais elle savait très bien que les viscères de son ami se déchiraient de l'intérieur.

François-Xavier et Aurianne montèrent se débarbouiller, pendant que Charlotte et quelques autres procédaient à un rapide ménage. La musique fut remise en marche et tout le monde se dispersa tranquillement, en se remettant à parler ou à danser.

Un chihuahua venait de réussir à grimper sur la table où se trouvait le gâteau et s'en donnait à cœur joie pour en engloutir un maximum avant de se faire prendre. Il avait du glaçage tout autour des babines, jusque sur son museau et ses poils de moustache.

Jade attira brusquement Zachari à l'écart et lui dit :

— J'ai que'que chose à te d'mander !

— Quoi ?

Elle se pencha à son oreille pour plus de discrétion. Son parfum agissait comme une drogue, engourdissant les sens de son ami, et diminuant sa capacité à réfléchir correctement.

— Tu penses-tu que tu pourrais emmener les autres un peu plus loin pour que j'sois tu-seule avec Émile ?

Oh, comme cette phrase faisait l'effet d'un grand verre de vinaigre versé directement sur un bobo ! Zach fit taire son envie de défoncer un mur avec sa tête et se composa un sourire de circonstance.

— OK ! Pas de trouble ! dit-il.

— Oh, t'es super fin ! le remercia-t-elle en le gratifiant d'un bec sur la joue.

De retour auprès des autres, il dit sans trop de conviction :

— Heille, v'nez-vous, on va aller se chercher quelque chose à boire ? C'est moi, là, qui a soif… Y était où, le punch, déjà ?

Maggie partit en tête, fière de pouvoir guider son monde. Lorsqu'ils passèrent devant la table de billard, Jessie-Ann, qui jouait avec un garçon, s'écria :

— Ark ! Qu'est-ce qu'y foutent ici, ces rejets-là ?

Meg prit un élan pour fondre sur elle, mais Alice la retint de justesse en lui disant avec douceur :

— Laisse faire. On s'en fout, c'est elle qui est conne.

— Grosse vache ! murmura la minifille entre ses dents, pendant que l'autre ricanait moqueusement.

Pendant qu'ils buvaient, Zach pouvait voir ses deux amis laissés derrière, à l'autre bout de la pièce, en train de parler ensemble, de très près... de beaucoup trop près. Puis, comme pour leur rendre service, une chanson douce commença à jouer. Émile profita du moment pour enlacer Jade et l'entraîner dans la danse. Elle se blottit contre lui en fermant les yeux.

— Oh, j'pense qu'on a bien fait de s'en aller ! dit Maggie en apercevant la scène.

— Ouain... Ben on devrait s'en aller encore plus loin, fit Joël, qui n'appréciait pas sa soirée. Genre : chez nous !

— Ah, non ! fit Alice.

— Quoi ? dit le gros garçon. Viens pas me dire que tu trouves ça l'*fun*...

— R'gardez qui c'est qui vient d'arriver ! fit remarquer la fille timide, sans faire attention à ce que Joël venait de dire.

Tous se tournèrent vers l'escalier. Ellie en descendait, radieuse dans ses vêtements de printemps.

— Ça va toute gâcher la soirée à Jade !

Et sa prédiction se révéla exacte. Quand la chanson prit fin, Émile relâcha son étreinte et annonça qu'il avait besoin d'un mouchoir. Alors qu'il se dirigeait vers la salle de bains, Ellie et lui tombèrent face à face. Heureux de se voir, ils se mirent à discuter, tant et si bien que le garçon en oublia son besoin de se moucher. Jade, qui n'avait rien manqué de la rencontre et qui voyait bien que ses chances venaient de s'évaporer, fit un demi-tour sur elle-même et fonça tout droit vers la sortie, en passant en trombe devant le reste de ses amis. Maggie sortit à sa suite, dans le but de la réconforter, et Alice suivit, comme d'habitude.

— Bon! J'tanné, lâcha Joël. C'est plate, pis y commence à être tard. Moi, j'm'en vais.

— Nous autres avec, décida Meg.

Ils avertirent Émile, qui leur fit signe de partir sans lui. Ellie et lui en avaient visiblement long à se raconter.

L'air chaud du mois d'avril les enveloppa lorsque la porte se referma derrière eux. Les trois filles étaient assises sur le trottoir et on pouvait entendre Jade pleurer amèrement.

— Hooon… Pauvre p'tite! Son chum l'a sacrée là pour une autre!

Jessie-Ann venait de sortir pour fumer sur la pelouse avec quelques copines.

— OK, arrête, s'te plaît, fit Zach en essayant d'éviter une confrontation. On s'en allait, là.

— Vous faites bien! On n'a pas besoin de *losers*, icitte! *Check*-les, on dirait des autistes! «Gne-gne-gne, arrête s'te plaît, on s'en allait! HEUUUU!!!» Gang d'attardés…

C'en était trop. Il n'en fallut pas plus pour déclencher une colère foudroyante dans la tête de Meg. Toute l'année, sa rage avait été contenue, modérée, retenue. Mais sa patience avait des limites. Ici, dehors, sur le terrain de F.-X., en plein milieu de la soirée, personne ne pouvait la suspendre. Sans un mot, elle avança d'une démarche chargée d'électricité vers la rouquine et, avant même que cette dernière puisse comprendre ce qui se passait, lui balança son célèbre coup de pied dans l'abdomen, ce qui fit bien entendu plier son adversaire en deux. Sa troupe de suiveuses crièrent de surprise et commencèrent à paniquer, ne sachant trop quoi faire. Le terrible spectacle sortit Jade de sa torpeur larmoyante, lui faisant oublier d'un seul coup ses problèmes de cœur. Zachari comprit à ce moment-là que lui seul pourrait essayer d'intervenir et avança vers son amie déchaînée, pensant la convaincre de s'arrêter. Mais la bagarreuse ne l'entendait pas de cette façon et l'avertit :

— Dégage. Sinon j'te jure que l'prochain c'est toi.

Cette haine dans sa voix ! Ce regard rempli de noirceur ! Il recula instantanément, pendant qu'elle revenait à la charge en s'accrochant de ses deux mains à la chevelure orange de sa rivale, lui administrant un solide coup de tête directement sur le crâne. Les copines scandalisées criaient de plus belle en espérant attirer du secours. Jessie-Ann tomba à la renverse en hoquetant de douleur. Meg bondit sur elle.

— Sacre-nous patience, c'tu clair? ordonna-t-elle en lui donnant un gros coup de poing au visage, devant ses amies qui pleuraient en implorant le ciel de leur venir en aide.

Juste avant de s'en aller pour de bon, la minifille empoigna le collet de chemise de Jessie-Ann, rapprocha celle-ci tout près de son visage et articula en serrant les dents:

— Pis j'suis pas une gothique!

Elle conclut cette mise au point en lui balançant une gifle percutante et ajouta:

— C'est qui, la *loser*, là?

Sur ces mots, elle la laissa retomber par terre de tout son poids, lui tourna le dos et marcha d'un pas décidé, sans plus jamais se retourner. Le coup de tête l'avait sonnée elle aussi. Mais autant ne pas le laisser paraître.

CHAPITRE 36

PAS TROP FORT

Jessie-Ann ne se pointa pas à l'école pendant deux jours. Ce qui donna un peu de répit au groupe pour organiser leurs plans pour la fin de semaine.

— Pis? fit Joël, le lundi midi. On fait quoi avec l'affaire du fantôme?

— Premièrement, commença Meg, on va trouver un autre nom pour parler de ça. J'ai pas l'goût qu'y arrive comme l'année passée pis que *quelqu'un* sache c'qu'on va faire avant qu'on l'fasse.

Elle faisait référence au concierge. À ce jour, personne ne pouvait expliquer comment ce dernier avait su pour la solution sous le F-3, ni pour l'incident de la clé de l'année précédente. L'opération avait été gâchée ce jour-là, leur inculquant une leçon primordiale : ne jamais parler ouvertement d'un projet secret.

— Pis on va changer de place, aussi. V'nez.

Sans rouspéter, tous la suivirent jusqu'au sous-sol, où elle les guida dans les couloirs, vers la porte qui menait sous la piscine. L'an dernier, cette pièce s'était révélée une cachette parfaite, et surtout très tranquille.

— T'es-tu sûre qu'on a le droit d'être ici? demanda Joël.

— On s'en sacre.

— OK, lança Maggie, d'entrée de jeu. J'propose qu'on l'appelle : le FCJ.

— De quoi tu parles? fit Joël.

— Le fantôme!

— Mais pourquoi « FCJ » ? C'est quoi le rapport?

— Ça veut dire « fantôme de Chemin-Joseph ».

Émile fit une moue de dédain.

— OK, ouain, si tu veux, dit-il sans entrain.

— Moi, j'embarque, lança Jade.

— OK, ben qu'est-ce qu'on fait avec le FCJ, d'abord? demanda Joël.

— On va passer la fin de semaine à CJ, annonça Zachari.

— Hein? CJ? C'est quoi ça? fit Joël.

— Voyons, t'es-tu con, ou t'es juste attardé? se fâcha Meg.

— Ça veut dire Chemin-Joseph, expliqua Alice calmement.

— Hein, c'est trop nul, là! On est cachés! On va pas commencer à se parler en code morse en plus!

— C'est pas du morse pantoute! s'opposa Maggie.

— HEILLE-HEILLE-HEILLE! Attendez, là! intervint Émile. Qu'est-ce que t'as dit, Zach? Vous voulez qu'on passe *la fin de semaine* à l'école?!

— Ouais, c'est ça que j'ai dit.

— Hein ? Deux jours au complet ? ! Mais mes parents voudront jamais ! s'énerva Maggie.

— Attends, on y a pensé ! Les parents, on va leur dire qu'on s'en va en fin de semaine de camping.

— Ben oui, mais y nous croiront jamais, argua Émile.

— C'est pour ça qu'on va s'arranger pour trouver des feuilles avec le logo de l'école, pis toi, Maggie, vu que t'es la meilleure en français, tu vas nous écrire une lettre qu'on va leur faire signer. Comme ça, y se poseront pas de questions.

— OK, dit Joël, mais après ça, comment on fait pour rester ici sans que personne s'en aperçoive ?

— Ben… Meg pis moi, on s'est dit que la meilleure façon, ça serait que vendredi, après les cours, on se cache jusqu'à temps qu'y aille pus personne.

— OK, fit Jade, mais on peut pas se cacher dans une classe, parce que le concierge y fait le ménage partout avant de s'en aller, ça fait qu'y va nous trouver c'est sûr !

— Je l'sais.

— On pourrait venir ici, suggéra Alice.

— Non, dit Meg. J'aime mieux pas prendre de chances. On va se cacher à une place où c'est SÛR que personne va aller.

— Où ça ?

— Inquiétez-vous pas.

— OK, ben j'ai fait une liste de ce qu'on va avoir besoin, annonça Zachari. Je l'ai mis sur le site, vous irez voir.

Il fut convenu que la mission aurait lieu la semaine suivante.

— Ça nous laisse une semaine pour tout préparer, compta Alice, perspicace.

— En attendant, commencez à apporter des affaires subtilement. Vous les cacherez dans votre case, ordonna Zach. Pis pas un mot à personne ! Même pas entre nous autres !

— On invite-tu Eugène ? demanda Maggie.

— Moi ça me dérange pas.

Personne ne s'opposa à l'idée. Tout le reste de l'heure, ils continuèrent à discuter de leur projet, des réserves de nourriture dont ils auraient besoin et de la marche à suivre une fois l'aventure commencée. Quand la cloche se fit entendre, aucun d'eux n'avait envie d'aller en cours, trop excités qu'ils étaient à l'idée de s'infiltrer en cachette dans l'école. Même Émile commençait à y prendre goût.

CHAPITRE 37

PRÉPARATIFS

Eugène fut très intéressé par le projet. Partir à la chasse aux fantômes pendant toute une fin de semaine était une idée très séduisante. Il leur fit même quelques suggestions :

— Vous devriez apporter un appareil photo.

— Hein ? Mais à quoi ça va nous servir ?

— Il paraît que la lentille de la caméra peut capter des lueurs d'énergie qui sont liées aux esprits. Si vous prenez des photos dans le noir au hasard, il se pourrait que, sur l'une d'entre elles, vous puissiez apercevoir un spectre !

— Wow, je l'savais pas ! Où t'as appris ça ?

— J'ai fait quelques lectures sur les phénomènes paranormaux.

— Fait que ça te tente, ça veut dire ?

— Bien sûr que ça me tente ! Est-ce qu'il y a quelque chose que je puisse faire pour vous aider dans la préparation ?

— Pour l'instant, non… Sauf si t'as d'autres idées comme celle que tu viens de nous dire !

La semaine précédant la mission fut chargée. D'abord, le vol du papier au secrétariat ne fut pas de tout repos. On envoya Zach pour accomplir cette tâche, sachant que Jocelyne, la secrétaire rousse, prenait un malin plaisir à lui refuser l'accès au directeur chaque fois qu'il essayait de le rencontrer (assurément, il y avait un problème avec les rousses dans cette école!). Le groupe comptait donc sur la mauvaise foi de la femme pour que leur ami passe un après-midi complet à attendre. Avec un peu de chance, elle devrait quitter son bureau pour aller chercher quelque chose ou pour répondre à un besoin quelconque, et là, le moment serait parfait pour chiper les quelques pages dont ils avaient besoin[24].

Tout se passa comme prévu. L'adolescent se retrouva assis sur une chaise dans un coin de la pièce, à patienter comme un vieil âne qui attend qu'on lui donne une carotte.

Puis, Jocelyne se leva et sortit pour aller aux toilettes. Voilà. C'était le moment ou jamais de passer à l'action. Zachari se leva et passa derrière le comptoir, où il chercha les fameuses feuilles. Il était tout près de mettre la main dessus quand Jessie-Ann fit irruption. Le contour de son œil gauche était tout noir et elle avait tenté de camoufler les dégâts avec beaucoup de maquillage. En l'apercevant, Zach ne put s'empêcher de se sentir mal. Meg n'y était pas allée de main morte. Cette prise de conscience ne dura pas longtemps, car la rouquine s'aperçut bien vite que le garçon devant elle manigançait quelque chose d'interdit.

---

24. Cette note en bas de page est complètement inutile. (NDA)

— Ah ben, dit-elle d'un air hautain rempli de mépris.

— Ah, va-t'en s'il te plaît. R'garde, je sais pas pourquoi, mais depuis le début de l'année, tu nous aimes pas, pis on t'a rien fait. J'm'excuse pour ce qui arrivé chez F.-X. J'ai essayé de l'arrêter, mais elle était pas contrôlable! J'te jure que j'ai rien contre toi. Tu vas être tranquille avec moi, c'est promis!

Pendant un court instant, il crut en son pouvoir de négociation. Mais dès que la secrétaire fut à portée de vue dans le corridor, la fille détestable s'écria:

— Madame, madame! Vite, y a un gars qui fouille dans vos affaires!

Jocelyne accéléra le pas et vit le délinquant essayer de sortir en douce.

— Qu'est-ce que tu faisais là, toi? lui demanda-t-elle sévèrement.

— Y essayait de trouver quelque chose, je l'ai vu! plaida Jessie-Ann, pendant que Zach rêvait de lui faire manger huit sacs de terre.

— Ah ouain?! Eh bien, on va en parler au directeur, de cette attitude-là! Toi qui voulais le voir, tu vas être content! Et t'es très chanceux que ça soit pas moi qui prenne les décisions, parce que oh, que ça serait laid! En attendant, tu vas sortir, et c'est même pas la peine de revenir.

Il suivit les ordres en jetant des milliers de sorts imaginaires à cette sale langue de vipère aux cheveux de feu qui venait de tout ruiner. Cette dernière le regarda sortir en souriant subtilement, très fière d'elle.

Par la suite, ce fut Maggie qui prit la relève, en y allant d'une manière plus directe.

— Bonjour, je sais pas comment vous demander ça, mais j'aurais besoin de feuilles à en-tête de l'école pour un projet.

— Quelle sorte de projet?

— C'est pour… Une recherche de commanditaires pour une soirée de gala que j'organise.

— Ah, non. Ben non. Je peux pas donner des feuilles à en-tête à n'importe qui, moi-là! Si tu veux faire des démarches comme ça, y faut que ça passe par la direction, parce que sinon tu pourrais envoyer des messages mal faits à des compagnies, pis après c'est *l'école* qui aurait mauvaise réputation!

Au final, Meg entra dans le bureau en disant qu'elle ne se sentait pas bien et qu'elle voulait voir son père. Jocelyne se leva, entrouvrit la porte du directeur, juste pour y passer la tête afin de discuter avec lui. Pendant ce temps, Meg fila comme un chat dans une gouttière et s'empara d'une dizaine de feuilles. Après quoi, elle n'attendit même pas que la femme la regarde à nouveau pour l'inviter à entrer et s'éclipsa sans demander son reste.

— Ça m'a pris trente secondes, déclara-t-elle en jetant les feuilles sur la table derrière laquelle ils étaient tous assis à l'attendre.

Maggie rédigea la fameuse lettre au mieux de ses compétences:

Cher parent,

Votre enfant est invité à prendre part à une fin de semaine de camping sauvage organisée par l'école. Vous trouverez ci-joint une liste des effets personnels à lui procurer dans le cas où vous accepteriez qu'il participe à cette activité de camping. Au bas de la feuille, vous trouverez également un feuillet d'autorisation, que nous vous demandons de signer s'il vous plaît pour confirmer que vous avez pris connaissance de cette lettre et que vous acceptez que votre enfant parte vendredi prochain en autobus voyageur faire du camping, et revienne lundi dans la journée, juste à temps pour prendre son autobus scolaire qui le ramènera à la maison à la même heure que d'habitude.

Là-bas, les moniteurs veilleront à la sécurité de tous les participants et à leur confort.

Veuillez agréer, madame, monsieur, l'expression de nos salutations les plus sincères,

Bien à vous,

La direction de l'école Chemin-Joseph.

P.-S. : ci-jointe, la liste des effets nécessaires pour la fin de semaine de camping. Le reste sera fourni par l'école.

La mère de Maggie trouva étrange de ne pas avoir à payer pour une activité scolaire. Sa fille lui expliqua qu'il s'agissait en fait d'une récompense offerte aux meilleurs élèves de chaque niveau. Mme Gariépy fut immédiatement convaincue. Tout lui sembla parfaitement logique, puisqu'elle savait très bien qu'elle avait une enfant prodige.

Chez Émile, on trouva la lettre drôlement formulée, mais la signature était quand même au bas de la page, au matin venu. Jade n'eut aucun problème à obtenir le droit à la sortie, et il en fut de même pour Joël. La mère d'Alice, par contre, ne tenait pas du tout à ce que sa fille fragile attrape un rhume et décréta qu'il était hors de question qu'elle accepte. À son avis, le temps ne se prêtait pas encore au camping. L'adolescente eut beau pleurer, supplier, promettre la terre, le ciel et toutes ses étoiles : rien n'y fit. Dans un dernier effort, elle demanda la permission d'aller plutôt dormir chez Meg en prétextant que cette dernière non plus n'irait pas à l'activité. Sa mère céda à cette alternative, à condition d'avoir le numéro de téléphone de cette amie.

Eugène eut moins de chance, de son côté :

— Mes parents refusent de signer la lettre.

— Pourquoi ?

— Ils pensent que le camping est dangereux.

— C'est pas dangereux, du camping !

— Je sais bien. Mais ma mère s'est déjà fait attaquer par un raton laveur, et depuis ce temps, tout ce qui touche de près ou de loin à la nature représente une menace pour elle.

— T'as-tu fait comme Alice pis leur demander d'aller coucher chez Émile ou Zach, à place ?

— Non… J'n'ai jamais eu la permission de dormir chez les autres. De toute ma vie.

— Ayoye… Sont sévères, tes parents, compatit Maggie.

— Beaucoup, oui.

Il semblait terriblement déçu. Tout son visage exprimait le désarroi. On aurait dit qu'il allait bientôt se mettre à pleurer. Zachari comprenait ce que ce refus représentait pour son ami aux grosses lunettes. Lui qui se passionnait pour la science et tout ce qui s'y rattachait manquait une chance incroyable d'expérimenter « sur le terrain ».

CHAPITRE 38

JOUR J

Vendredi arriva finalement et, à la fin de la journée, les derniers étudiants sortirent de l'école pour rejoindre leur autobus. Zach arriva près du casier d'Alice, où tout le groupe l'attendait déjà. On pouvait lire une certaine anxiété sur leurs traits. Eugène leur souhaita une bonne fin de semaine, avant de s'éloigner tristement.

— On va toute te raconter ! lui lança Jade, pleine de bonne foi.

Le groupe aurait bien aimé trouver une solution pour que l'adolescent reste avec eux.

— OK !... fit Zachari, sobrement, en ajustant sa casquette. On va aller dans le local de sciences.

— Quoi ? s'exclama Émile. C'était ÇA ton idée ?!?! On l'avait DIT qu'y fallait pas que ça soit une classe, à cause du ménage du soir !!!

— Je l'sais, répondit Zach, très calme. V'nez-vous-en.

Sur ces mots, il se dirigea vers l'escalier. Les autres le suivirent jusqu'au sous-sol en faisant bien attention de ne pas trop faire de bruit pour ne pas attirer l'attention. Joël était très nerveux.

Il regardait partout, déjà prêt à s'enfuir en courant si quelque chose tournait mal.

— Calme-toi, Jo, on n'est pas les premiers à rester après l'école ! le rassura Maggie.

— Peut-être pas, mais on est les premiers à essayer de rester pour…

Il allait terminer sa phrase quand Meg se tourna vivement vers lui, le poussa contre le mur et lui mit une main sur la bouche.

— Tu veux-tu un micro, tant qu'à faire ? lui dit-elle en chuchotant.

Sentant que le garçon avait compris le message, elle enleva doucement sa main, mais expliqua quand même son raisonnement, juste au cas où :

— Y a des PROFS qui restent après l'école pour finir leurs corrections. Fait que arrête de crier c'qu'on s'en va faire à travers les corridors !

Elle le relâcha enfin et continua à marcher, prenant les devants.

Ils arrivaient au local de sciences quand Mme Tessier, la prof de musique, sortit de sa classe à quelques mètres de là.

— Oh merde… Oh merde, s'énerva Joël.

Meg se tourna vers lui et le gros garçon sentit qu'il avait intérêt à se taire, sinon elle mangerait son cerveau pour souper.

— Tiens, qu'est-ce que vous faites là, vous autres ? demanda l'enseignante.

Maggie prit spontanément la parole :

— On a décidé de rester après l'école pour étudier !

— Ahhhh, en révision ou… ? demanda Mme Tessier.

— Oui, c'est ça ! En révision ! On s'en va en révision.

— Bonne chose ! Parlez-moi de ça, des élèves motivés ! Avec qui ?

— Euh… Hein ?

— C'est qui le prof qui donne la révision ?

— Ben, euh…

Maggie avait fait l'erreur de confirmer trop vite la première supposition de Mme Tessier. Parce que « rester après l'école pour étudier », n'importe quel élève pouvait le faire tout seul. Mais les « révisions » étaient toujours supervisées par un professeur.

— C'est Fred, trancha Meg, pour en finir.

— Ah, oui… Fred. Y est tellement fin ! Bon ben, amusez-vous bien !

Ils sourirent à l'unisson. La femme leur souhaita un bel après-midi et continua son chemin. Meg attendit qu'elle se soit éloignée avant de pousser sur la porte du local de sciences, qui s'ouvrit sans résister.

— Hein ? Comment ça se fait qu'était pas fermée ? demanda Joël, suspicieux. D'habitude, les profs barrent le local dès qu'y s'en vont.

— C'est moi, expliqua Zachari. J'avais un cours tantôt. J'ai fait exprès de prendre mon temps pour ramasser mes affaires, pis Fred y m'a dit de fermer la porte en sortant. Je l'ai juste pas fermée au complet. C'est tout.

— Ouain, sauf que là, on a un autre problème, souleva Jade. Si Mme Tessier va le voir, Fred, pis qu'a se rend compte qu'on y a menti : on est dans l'caca.

— C'pas grave, expliqua Zach. Parce qu'on sera pus ici pour se faire chicaner.

Il donna un coup de menton dans le vide en direction de Meg, qui alla vers le fond de la classe sans poser de questions. Arrivée devant le grand comptoir, elle figea sur place.

— Y est barré, constata-t-elle d'un ton bourru.

— Quoi ? dit Zach. Depuis quand ?

— Je l'sais-tu, moi ? ! T'aurais pas pu vérifier ça AVANT ? ! ! !

— Mais de quoi vous parlez ? ! finit par demander Maggie.

— Faut qu'on ouvre ce comptoir-là.

— Tu veux qu'on se cache dans le comptoir ? ! s'étonna Jade.

— Non. Ben… Oui, mais non.

— Ben là… Oui ou non ? demanda Joël, confus.

— D'une façon ou d'une autre, y est barré ton comptoir, raisonna Émile, qui commençait à s'impatienter.

Meg sortit de la classe. Ses amis la suivirent du regard, intrigués, mais n'osèrent pas la questionner. Elle revint quelques secondes plus tard avec un extincteur. Sans explication, elle s'avança vers le cadenas et donna un grand coup dessus, brisant ainsi le mécanisme.

— C'est débarré, dit-elle simplement.

Tous la regardaient, complètement bouche bée. Zach, un peu plus habitué à la façon de faire de son amie, se remit rapidement de sa surprise et ouvrit la porte derrière laquelle se cachait l'entrée dont ils avaient besoin. Sans hésitation, il posa la main sur la paroi du fond et fit glisser le panneau qui s'ouvrit sur la salle secrète. Jade, Maggie, Alice, Joël et Émile fixèrent l'ouverture avec stupéfaction.

— C'est quooooi, ça ? demanda finalement le blond dodu.

Cette question rassura Meg. Ses craintes s'évaporèrent d'un coup : elle et Zach n'auraient pas besoin de revenir sur le passé pour rendre des comptes à tout le monde.

— C'est une pièce cachée. Personne sait que ça existe.

— Mais comment ça se fait que vous le savez, vous autres ? demanda Maggie.

Oups. Ils n'avaient pas prévu cette question. Meg improvisa ce qui lui semblait la plus logique des réponses.

— C'est moi. Quand j'étais petite, mon père m'a déjà emmenée ici après l'école parce qu'y avait du travail à finir, pis la gardienne pouvait pas venir chez nous. Un moment donné, pendant qu'y était ben occupé, j'ai commencé à fouiller dans l'école, pis j'ai découvert ça. Je l'ai jamais dit à personne.

Émile douta un instant :

— Attends, là… Ça se peut pas que personne le sache…

— Oui… Ça se peut, réfléchit Maggie à voix haute. C't'un ancien manoir, ici : y a toujours des passages secrets dans les vieilles bâtisses de même.

— OK, on ferait mieux d'y aller, là, les pressa Zach.

Autant se mettre à l'abri des regards tout de suite. N'importe qui pouvait entrer maintenant, surtout si leurs voix résonnaient dans le corridor. Sans oublier le vacarme qu'avait fait le coup d'extincteur sur le cadenas. Mieux valait se faire discret pour les prochaines heures, au minimum. Ils descendirent en file indienne dans le trou et entassèrent leurs affaires dans un coin. Meg commençait déjà à sortir le matériel nécessaire à leur mission.

— OK. J'ai de la corde, annonça-t-elle. Est-ce que tout le monde a sa lampe de poche?

— Ouais. Pis j'ai aussi mon jeu de Ouija, dit Alice. Mégane, t'as-tu le sel?

— Oui.

— Maggie, ton appareil photo?

— Je l'ai!

— Cool! Avez-vous vos vêtements noirs? demanda Zach à la ronde.

Tout le monde les avait.

— Moi j'ai apporté de l'ail, dit Joël.

Il y eut un silence autour de lui. Tous le dévisagèrent.

— Ben là… Juste au cas où, fit-il pour se défendre, un peu gêné, avant d'ajouter, moins fort: On sait jamais, ça peut p't'être servir…

Meg leva un sourcil d'exaspération en soupirant.

242

— OK, dit Zach. Astheure, pour la bouffe, qu'est-ce que vous avez? Nous, on a les sandwiches pis les carottes.

— Moi j'ai des chips pis des barres tendres, avertit Jade.

— J'ai des noix, des pommes, un sac de pain, pis des jujubes, dit Maggie. Ah! Pis de la salade de saumon en conserve. Alice, t'as-tu la salade de fruits pis le beurre de *peanuts*?

— Oui, j'en ai un gros pot, pis j'ai apporté des guimauves pis du chocolat, aussi.

— *Yes!* se réjouit Joël. Moi j'ai des cornichons!

— Des cornichons? C'est tout?

— Ben là! Des cornichons pis de l'ail, là… QUOI?! Je l'savais pas quoi apporter; vous avez toute!

— C'est bon, c'est pas grave, là, intervint Alice, doucement. On en a assez. Pis j'aime ça, moi, les cornichons!

Ils disposèrent leurs sacs de couchage de part et d'autre de la petite pièce et discutèrent du plan de match tout en mangeant.

CHAPITRE 39

ALLÔ ?

— Y est quelle heure, Zed ?

— Dix heures.

— J'ai vraiment envie ! lança Jade. Pensez-vous que j'peux aller aux toilettes ?

— Y devrait pus avoir personne dans l'école, là, calcula Zach. Vas-y, mais fais attention. Si t'entends quelque chose, reviens tout de suite. De toute façon, c'est pas loin.

— OK, mais j'veux pas y aller toute seule !

— Moi aussi j'ai envie, fit Maggie. J'vais y aller avec toi.

— Moi aussi, annonça Alice.

Elles sortirent avec précaution de la cachette.

— Pourquoi les filles vont toujours toutes aux toilettes ensemble ? demanda Joël.

— Pas toutes. Meg est encore ici, lui fit remarquer Zach.

— C'est ça j'dis : toutes les filles sont parties aux toilettes.

La minifille leva un sourcil menaçant :

— Qu'est-ce que t'es en train de dire, là ?

— Ben là ! T'as-tu vu comment tu te bats ? Même mon père serait pas capable d'accoter tes coups de poing! T'es pas une fille : t'es un kangourou!

Meg ne sut pas du tout comment interpréter cette déclaration, mais avait l'impression que leur ami blond essayait de lui faire un compliment. C'était probablement la première fois de sa vie qu'aucune réponse ne lui venait en tête. La première fois aussi qu'elle se sentait intimidée.

— Un kangourou ? ! fit Émile, prêt à s'esclaffer.

— Tu t'es-tu déjà fait fesser par un kangourou ? ! Mon gars! C't'animal-là, c'est capable de te rentrer le nez par en d'dans rien qu'avec une pichenotte!

Zachari éclata de rire, ce qui encouragea Joël à continuer de plus belle.

— Non non! Tu comprends pas, j'pense! Un kangourou, c'est capable de te casser en deux juste en atchoumant!

— AAAAAAAAAAAAAAAARGH!!!!!!!!!!!

Tous se turent instantanément. Le cri d'horreur venait des trois voix réunies de leurs amies parties aux toilettes. En une nanoseconde, Meg et les trois garçons sautèrent sur leurs pieds et s'expulsèrent du trou pour bondir à la rescousse des filles. Ils eurent à peine le temps de sortir du local S-80 que Maggie, Alice et Jade accouraient vers eux, hors d'haleine, à la limite des larmes.

— Y le sait! Y le sait qu'on est ici!!! cria la belle fille en se réfugiant dans les bras d'Émile.

— Comment ça? Qu'est-ce qu'y s'est passé? demanda Joël, au bord de la crise de nerfs.

— Les toilettes, on est arrivées…

— … Nos noms étaient écrits sur le miroir! résuma Maggie.

— Quoi? Vos noms? fit Zach.

— Non!!! Pas nos noms: NOS noms!

— Hein? Les noms à qui, là?! fit le gros garçon, perdu.

— LES NOMS À TOUT LE MONDE!!! Les vôtres aussi!

— Pour vrai?!

— J'veux voir, déclara Émile.

Les trois filles ne voulaient pas y retourner, mais ne voulaient pas non plus découvrir autre chose sans le reste du groupe. Ils partirent donc, essayant de se faire le plus discrets possible, vers les toilettes qui se situaient en haut de l'escalier du sous-sol. L'école était déserte et semblait encore plus lugubre dans l'obscurité. Les ombres des sept amis bougeaient sur les murs de pierre. Aussi loin que leurs oreilles pouvaient entendre, il n'y avait que du silence, ce qui rendait le moment encore plus angoissant. À chaque tournant, on avait l'impression que n'importe quoi pouvait surgir du noir en rugissant. Après avoir hésité un peu devant la porte, Émile entra.

Le miroir était parfaitement propre.

— OK, c'est pas drôle, les filles, dit-il en se tournant vers Alice.

Celle-ci fixait devant elle, les yeux écarquillés.

— Non, non… Attends, fit-elle en essayant de comprendre ce qui se passait.

— C'est pas… C'est pas…, bégaya Maggie, affublée du même regard.

Jade se rangea derrière ses copines, le visage caché dans ses mains, et regarda à travers ses doigts. Elle ne put s'empêcher de pousser une petite plainte languissante pour exprimer la peur qui commençait à lui ronger l'estomac.

— C'est pas quoi? s'impatienta Meg.

— J'vous le jure que c'était là!

— Moi, j'vous le jure que si vous niaisez, j'vous donne un coup de pied dans' gorge.

— Mégane, faut que tu nous croies, supplia doucement Alice en retenant ses larmes. J'te promets que c'est vraiment vrai pour de vrai! Les noms ont disparu, mais y étaient là y a deux minutes!

— Comment y étaient écrits?

— Un au-dessus de l'autre, pourquoi?

— Fermez vos yeux… Pas toi, Joël! Innocent! Les filles!

Elles s'exécutèrent.

— Quand je vais nommer le premier nom qui était écrit en haut de la liste, levez votre main. C'tu clair?

Si les trois filles levaient la main en même temps sans se consulter, on aurait la preuve qu'elles n'inventaient pas cette histoire.

— OK, j'y vais : Maggie.

Aucune ne bougea.

— Émile… Joël… Zed…

Deux bras se tendirent spontanément comme une corde raide vers le plafond. Alice ouvrit un œil pour s'assurer que les deux autres avaient répondu correctement.

— Maggiiiie ! reprocha-t-elle à son amie, encore immobile.

— Mais, c'était pas marqué « Zed », c't'ait marqué « Zachari » !! se défendit l'accusée.

— C'est beau, on vous croit, dit Émile.

À peine venait-il de prononcer ces mots qu'un vacarme épouvantable se fit entendre à l'autre bout de l'école. Apeurés, les sept amis se regroupèrent instinctivement comme un banc de poissons bien serré. Là-bas, dans une classe quelconque, c'était comme si les chaises et les tables avaient magiquement pris vie et se battaient entre elles. On entendait clairement le bois frotter par terre ou se fracasser contre le sol violemment. Même Meg craignait d'aller vérifier ce qui se passait.

— J'veux m'en aller chez nous ! J'veux m'en aller chez nous !

— Ferme-la, Jo ! lui lança Émile.

Tout s'arrêta. Un temps fut nécessaire pour permettre au groupe de retrouver son calme.

— J'propose qu'on retourne à la cachette, dit Zach.

Aussitôt dit, aussitôt fait. Jade alla directement se cacher dans son sac de couchage, qu'elle remonta jusqu'à ses yeux, comme si ce geste pouvait la protéger en cas de problème. On n'entendait que leur respiration. Personne n'osait parler, trop ébranlés qu'ils étaient par ce qui venait de se produire. Il fallait d'abord se calmer. On trouverait ensuite une façon de résoudre ce mystère et de rassurer tout le monde.

Mais ce qui hantait cette école n'avait pas du tout l'intention de les laisser reprendre leurs esprits. En un rien de temps, la porte du local se referma avec fracas. Maggie se mit à hurler, entraînant Alice, Jade et Joël à sa suite.

— CHHHHHHHHHHUT, FERMEZ-LA ! ordonna Meg, qui refusait de céder à la panique.

Ils tendirent l'oreille. Ce qui venait de les enfermer ne bougeait pas. Ce qui venait de les enfermer… les attendait.

CHAPITRE 40

JE VEUX VOIR, VOIR, VOIR...

Il n'y avait que le bruit de leur respiration pour couvrir celui du battement de leur cœur. Là, dehors, juste de l'autre côté du panneau coulissant, quelqu'un ou quelque chose *savait* qu'ils se cachaient à cet endroit précis. Ce fantôme jouait avec leurs têtes en essayant de les rendre fous ; de les briser psychologiquement. De les faire abandonner leurs recherches.

Dix minutes, maintenant, depuis que la porte avait claqué.

— OK, ça va faire, décida Meg.

Elle se leva, résolue, et se dirigea vers la trappe pour sortir.

— Heille ! Qu'est-ce que tu fais là ?! l'arrêta Jade.

— J'attendrai pas jusqu'à fin de l'année prochaine, moi ! J't'écœurée, j'm'en vais voir c'est quoi ! Maudit fantôme pourri pas capable de faire les choses jusqu'au boutte, SI TU VEUX NOUS DIRE DE QUOI, DIS-NOUS-LE EN PLEINE FACE, MAUDIT PEUREUX D'ESPRIT D'PISSOU !!!

Sur ces mots, elle sortit du trou, prête à foncer la tête la première dans ce qui se trouvait dans le

251

local. Depuis le fond de la pièce secrète, le reste du groupe ne voyait que ses chevilles, immobiles devant l'entrée.

— … Pis? demanda enfin Zachari.

— Y a rien.

— Hein?

— Y a rien, rien pantoute!

Les autres vinrent la rejoindre dans la classe. Ils restèrent plusieurs minutes sans parler, à scruter tout autour. Puis, Joël lança:

— Le prochain qui m'astine qu'y a pas de fantôme, j'y garoche une tasse d'eau dans face!

— On dit OBSTINE, le reprit Meg.

— Ben le prochain qui m'astine qu'y a pas de fantôme, j'y garoche DEUX tasses d'eau dans face: la première à cause qu'y me croit pas, pis la deuxième à cause qu'y m'astine au lieu de m'obstiner!

— Quelle heure, Zed?

— 11 h 45.

— V'nez-vous-en.

— Attendez, j'pas sûre que j'ai le goût de retourner là-bas, moi…, avoua Jade.

— Ouain, ben d'une façon ou d'une autre, on n'aura pas le choix, remarqua Zachari. On n'est quand même pas pour rester enfermés ici toute la fin de semaine. Pis même si on voulait, on pourrait pas: on n'a pas de toilettes.

— Ouain… D'ailleurs, j'suis toujours pas allée, moi…

— OK, ben on y va, décida Alice. On arrêtera faire pipi en même temps. Au moins, cette fois-là, on va être toute la gang ensemble si y se passe de quoi.

Heureusement, rien de particulier ne se produisit.

— On commence par l'aile C, rappela Maggie d'un chuchotement en finissant de se laver les mains. C'est par la droite en sortant.

Selon l'horaire qu'ils avaient élaboré dans leur planification de la soirée, l'aile C était la priorité, question de confirmer cette histoire de lumière qui s'allume chaque nuit.

Ils s'installèrent dans le couloir perpendiculaire au grand corridor. De cet endroit, on avait une bonne vue d'ensemble, de la bibliothèque jusqu'à la partie non rénovée de l'école. Maggie proposa qu'ils s'assoient chacun à bonne distance les uns des autres, formant ainsi une grande ligne à travers tout le couloir, jusqu'au casier d'Alice. De cette façon, si la lumière s'ouvrait dans un local de classe, plutôt que dans la bibliothèque, personne ne la manquerait.

— *Shotgun* au milieu ! lança Joël, qui ne voulait absolument pas se retrouver près de la porte qui bloquait le passage vers la partie condamnée de l'édifice.

Il était à présent 11 h 50 et l'attente commençait. Tout le monde était agité. Qu'allaient-ils faire si le fantôme apparaissait réellement devant leurs yeux ? Personne ne savait à quoi s'attendre, ni comment réagir si l'esprit se matérialisait.

— Faudrait peut-être qu'on éteigne nos lampes de poche, proposa Jade.

— Bonne idée ! fit Maggie.

— Ça sert à rien ! raisonna Émile. Si c't'un fantôme, pensez-vous vraiment qu'y nous verra pas juste à cause qu'y fait noir ?

— Ouain, c'est vrai ça, acquiesça Joël. Pas besoin d'éteindre les lampes de poche.

— Toi, t'as juste peur d'être dans le noir ! se moqua Jade.

— Pas pantoute ! J'ai pas peur !

Tous se mirent à ricaner. La réputation de leur ami n'était plus à faire. Un peureux est toujours d'accord avec ce qui l'arrange le mieux.

Puis la tranquillité revint dans le groupe. Le temps avançait sans se presser. Chacun surveillait de gauche à droite dans l'espoir d'être le premier à apercevoir le fameux signe. Une sorte d'excitation les rendait fébriles. Une excitation mêlée de crainte ; la frousse de l'inconnu ; l'idée de ne pas savoir ce qui allait se passer ; le manque de contrôle de la situation. Après tout, les événements surnaturels ne se produisaient pas tous les jours.

— Avez-vous entendu ? ! ? ! demanda Maggie soudainement.

Toutes les oreilles se dressèrent dans le clair-obscur, à la recherche d'un son.

— C't'ait quoi ? s'inquiéta Joël, alors que la sueur perlait déjà sur son front.

— Je l'sais pas… Comme un genre de frottement !

— Quelle heure ? demanda encore Meg.

Zachari regarda sa montre une fois de plus.

— Minuit.

Ils se levèrent d'un seul mouvement, sans se consulter. C'était le moment. Si quelque chose devait arriver, c'était maintenant.

— Voyez-vous de quoi? demanda Maggie.

— Ici y a rien, dit Émile, depuis le fond du couloir.

— Moi non plus, dit le gros garçon.

— Nous autres non plus, y a rien, conclut Meg.

Plus personne ne bougea, ni n'osa parler pendant encore deux bonnes minutes. Puis, voyant que rien ne se passait, tous commencèrent à se calmer, partagés entre la déception et le soulagement. Les muscles se décontractèrent un à un et les respirations devinrent moins haletantes.

— C'est peut-être un de nous autres que t'as entendu, Maggie, proposa Alice.

— Non, ç'avait l'air de venir de plus loin…

— T'es sûre?

— Je l'sais pus….

— J'vous l'avais dit! Y en n'a pas, de maudit fantôme! pesta Émile. Tantôt, c'est juste des chaises qui sont tombées des bureaux parce qu'y avaient été mal placées!

— Arrête, intervint Zach. Tu l'sais que c'est niaiseux, c'que tu dis. Une chaise qui tombe, ça se peut, mais pas quinze en même temps!

— Pis les noms dans le miroir, tu fais quoi avec ça? demanda Maggie, insultée.

— C'est pas prouvé que c'est vrai! Vous pouvez toujours ben avoir tout inventé ça en planifiant l'ordre dans lequel c'était écrit!

— Pis la porte de tantôt, hein ?! Ça, comment tu l'expliques ?! s'en mêla Joël.

— Je l'sais-tu, moi ?! Un coup de vent ! Ça serait pas la première fois que ça arrive !!!

— Calmez-vous, là, fit Alice. Peut-être qu'y veut juste pas ouvrir la lumière parce qu'y sait qu'on le surveille…

Émile décida de quitter son poste, tout au fond, et s'avança vers les autres. On n'allait quand même pas rester là toute la nuit. Jade le suivit.

— Là, qu'est-ce qu'on fait ? demanda Joël, alors que tout le monde l'avait rejoint au milieu.

— On devrait essayer de l'appeler. Avec le jeu de Ouija, proposa Maggie.

— Bonne idée, souffla Jade.

Ils se tournèrent vers le grand corridor et se remirent en marche. Il fallait récupérer le jeu dans la cachette.

— On va faire ça dans l'agora, décida Zach.

Ils allaient tourner le coin du couloir quand, d'un même mouvement, tout le monde s'arrêta net. Jade attrapa la main d'Émile, à la recherche d'un peu de sécurité. Ce dernier regardait droit devant lui, les yeux écarquillés. Joël avait à nouveau le souffle court, de même que tous les autres. Un léger tremblement s'empara d'Alice.

Là, droit devant eux, à travers les immenses vitres, la bibliothèque venait de s'illuminer.

CHAPITRE 41

LAISSEZ UN MESSAGE

Joël n'avait jamais couru aussi vite de toute sa vie. Le groupe avait pris de longues secondes à réagir après avoir aperçu la lumière de la bibliothèque. Figés de peur, ils étaient restés là, à contempler la salle remplie de livres, pensant inconsciemment que s'ils demeuraient immobiles, on ne pourrait pas les voir. Puis Jade avait laissé fuser une exclamation et tout le monde s'était élancé vers le repaire.

En franchissant le comptoir, Zachari s'était écrasé par terre, les yeux fermés pour mieux reprendre le contrôle de lui-même. Chacun cherchait son souffle, muet de stupéfaction. Quand Maggie prit enfin la parole, c'est dans un filet de voix à peine audible qu'elle articula à l'attention d'Émile :

— Pis ça ? Comment t'expliques ça, une lumière qui s'allume toute seule ? Tu commences-tu à le croire, là, qu'y se passe des choses pas normales, ici ?

— C'était quoi, ça ? demanda ce dernier, franchement apeuré.

— Le site avait raison, ça veut dire, réalisa Zach en appuyant sa tête contre la paroi murale derrière lui.

— Mais là, on fait quoi? demanda Jade.

— Moi j'dis que c'est l'moment ou jamais de sortir le Ouija! proposa Alice. Parce que si la lumière s'est allumée, ça veut dire que l'esprit est là, pis qu'on va peut-être pouvoir communiquer avec!

— Pas besoin de parler avec! s'opposa Joël. Qu'est-ce que tu veux y dire de toute façon? «Allô c'tu toi qui a allumé la lumière?» On l'SAIT que c'est lui!!!

— Heille, est où Meg?!?! s'affola soudainement Zach, qui venait tout juste de reprendre contact avec la réalité.

Étonnamment, personne n'avait remarqué son absence. Sans se consulter, ils ressortirent du trou et repartirent d'un seul mouvement en direction de la bibliothèque. Joël s'arma de sa gousse d'ail, par mesure de précaution.

— Laisse faire ton ail! le rabroua Émile. Ç'a pas rapport!

— TOI, t'as pas rapport, répliqua le dodu.

La minifille était toujours devant les grandes vitres. Elle regardait dans la salle éclairée avec curiosité, accroupie devant la porte. Elle semblait hypnotisée. En transe.

— Qu'est-ce qu'a fait? demanda Jade tout bas à l'oreille d'Émile.

— Je l'sais pas, répondit ce dernier.

— A me fait peur!

— On dirait qu'est possédée, observa Maggie.

— Faudrait que quelqu'un aille y parler, laissa tomber Joël, espérant qu'un copain se propose.

Alice avança courageusement vers leur amie. Arrivée à sa hauteur, elle mit une main sur son épaule et demanda avec douceur :

— Mégane, qu'est-ce que tu fais ?

— Fallait que je sache qui c'est qui a allumé la lumière. Moi, si j'avais voulu faire peur à du monde, j'me serais cachée pis j'aurais attendu qu'y aille pus personne avant de m'en aller.

— OK. Pis ? T'as-tu vu quelqu'un ?

— Non.

Alice l'aida à se relever et ils retournèrent tous ensemble vers la cachette. Ça ne servait à rien de courir, désormais. Si l'esprit avait voulu attaquer qui que ce soit, il s'en serait pris à Meg pendant leur absence.

Meg prit le jeu de Ouija et dit :

— On devrait aller jouer dans' partie qui a pas été rénovée.

— Hein ? ! Pourquoi ? demanda Joël.

— Pensez-y ! Ç'a JAMAIS été rénové. Pourquoi, vous pensez ?

— Parce que c'est protégé par l'esprit ? suggéra Jade.

La minifille pointa son index en direction de la belle, comme pour la féliciter de sa bonne réponse.

— Ben non ! s'opposa Émile. Y ont jamais fini de rénover parce qu'y a eu une grève d'la construction pendant les rénos, pis quand y auraient pu recommencer, y était trop tard : fallait commencer l'école. C'est mon père qui me l'a dit.

— Ouain ? Pis pourquoi y ont attendu plus de vingt ans sans jamais finir les travaux ?

— Je l'sais pas, peut-être que les budgets ont été coupés, mais ç'a rien à voir avec les fantômes !

— Ben d'abord, ça devrait pas te déranger qu'on aille là, conclut Jade.

Émile n'ajouta rien. C'était vrai. Au fond, il s'en foutait.

Maggie attrapa son appareil photo. Le groupe sortit une troisième fois de la pièce secrète et se dirigea vers la fameuse section en chantier de l'école.

Le plancher changeait à cet endroit, devenant un parterre de pierre qui s'agençait avec les murs, comme si on entrait dans une grotte. Partout ailleurs, on marchait sur du tapis, de la céramique, ou du bois franc comme dans le gymnase. Jade grelotta. Zach enleva sa veste et la lui prêta.

— Merci, t'es fin ! dit-elle.

Une chaleur envahit le sternum du garçon. Ses grosses oreilles rougirent de bout en bout. Meg lui jeta un regard à la dérobée[25], sachant très bien que son ami venait de perdre toute sa concentration.

---

25. Un regard à la dérobée, c'est quand les yeux se sauvent tout de suite après avoir regardé, en marchant sur la pointe des pieds. Il ne faut jamais faire confiance à un regard à la dérobée. Ça voit tout ce que tu fais, pis après, ça te dénonce à Échos Vedette. (NDA)

— OK. Ici, dit-elle en s'arrêtant. Zed, sort ton feu, on va allumer les chandelles.

Joël fouilla dans son sac pour trouver ces dernières. En peu de temps, le jeu fut installé. Tous se placèrent autour nerveusement.

— Attendez ! fit Zachari, au moment de commencer.

Il se leva, sortit la boîte de sel et en versa tout autour du groupe en dessinant une étoile de David.

— Au cas où…, dit-il en se rasseyant.

Alice expliqua la façon de faire :

— Premièrement, faut qu'on se calme. Si on est nerveux, ça va énerver l'esprit, pis ça se pourrait qu'y veuille pas nous parler. Quand on commence, y faut demander « Ouija, es-tu là ? » Ça peut prendre jusqu'à cinq minutes avant qu'y réponde. Ça fait qu'y faut être patients. OK. Là on va faire un cercle, pis on va se prendre les mains pour créer une énergie.

Elle tendit les mains de chaque côté et, à tour de rôle, les autres s'agrippèrent à la chaîne en fermant les paupières.

— Respirez profondément, pis concentrez-vous, ordonna Alice.

Ce qu'ils firent. Joël ouvrit un œil, curieux de voir si tout le monde participait. Zach se tenait entre Meg et Maggie. Un pli de concentration lui barrait le milieu du front. Émile tenait les mains de Jade et d'Alice. Ses sourcils étaient levés et il serrait les lèvres, exprimant ainsi son scepticisme.

Au bout d'un interminable moment, Alice tendit ses mains vers l'indicateur mobile[26], encourageant les autres à l'imiter.

— Ouija, es-tu là ? demanda-t-elle d'un ton solennel.

Sa petite voix résonnait dans le couloir rempli d'ombres. Les flammes des chandelles renvoyaient des reflets dansants sur les murs. Dans cette lumière, le plafond semblait bouger de gauche à droite au-delà de ses poutres poussiéreuses. Il y eut un silence chargé d'émotion. Soudain, Joël explosa de rire, ce qui fit sursauter toute la bande.

— AHHH ! ! ! Maudit que t'es con ! se fâcha Maggie.

— S'cusez ! S'cusez ! C'est juste que…

— R'fais ça une autre fois pis j'te crève un poumon pendant que tu dors, l'avertit Meg.

Elle n'eut pas besoin d'aller plus loin dans sa menace. Joël se tut instantanément, pétrifié. Un petit malaise traversa le cercle.

— Bon… On recommence, dit Alice d'une voix douce.

Mains. Silence. Respirations. Indicateur mobile.

— … Ouija, es-tu là ?

Rien ne bougea. Tous étaient rivés à la planche de jeu. Le feu sautillait toujours frénétiquement sur les mèches en jouant avec les ombres.

— Ça marche pas, c't'affaire-là !

---

26. Ça, c'est la gugusse sur laquelle on met nos doigts pis qu'on fait glisser sur la planche pour jaser avec les esprits. (NDA)

— ÉMILE !!! le réprimanda Maggie. Alice l'a DIT que ça pouvait prendre jusqu'à cinq minutes !!!

— Si t'es négatif, c'est sûr que ça marchera pas, ajouta cette dernière, patiente.

— Là, si tout le monde est pour gâcher la séance, on est aussi ben d'arrêter, se plaignit Jade, déçue.

— Non, non. C'est beau, j'arrête, abdiqua Émile, vaincu par le regard réprobateur de son amie.

— OK. Mais c'est la dernière fois qu'on essaie, les prévint Alice. C'est pas bon de briser l'énergie trop souvent, ça pourrait choquer les esprits.

Ils se remirent pour une troisième fois à la tâche.

— Ouija, es-tu là ?

On attendit longtemps. Une goutte fit entendre sa petite musique claire plus loin au fond du couloir délabré, et le cœur de Joël s'emballa. Un coup d'œil aux autres lui apprit qu'il était seul à paniquer.

Une autre minute passa sans que leurs mains ne bougent. Alice prenait de grandes inspirations, pendant qu'Émile luttait de toutes ses forces pour ne pas interrompre encore le processus.

Une brise souffla dans leur dos, faisant frissonner Jade sous la veste de Zach. Meg renifla. D'autres secondes passèrent, longues comme un océan.

Puis, dans un mouvement soudain, l'indicateur se tassa de quelques millimètres. Ils ouvrirent tous de grands yeux étonnés. Joël commença à respirer plus fort. Jade se tourna vers Maggie, qui se référa à Alice, qui continua de se concentrer sur la planche. Meg avait l'air d'évaluer la situation. Son esprit pratique cherchait à comprendre. De la sueur commençait à perler sur les tempes de Joël. Émile avait la bouche un peu ouverte. Zach demanda lentement entre ses dents :

— C'est pas un de vous autres qui pousse dessus, là, hein ?

— Chhhhhhut, souffla Alice tout aussi lentement, avant de répéter : Ouija, es-tu là ?

Un petit moment passa encore. Puis, dans le silence opaque du couloir ténébreux, on entendit soudain le son de mise sous tension de l'interphone : « BI-BUUUU ! ».

— AAAH ! ! ! réagit immédiatement Jade, pendant que tout le monde sursautait comme sous l'effet d'un violent choc électrique.

— C'est quoi ça ? ! demanda Joël, paniqué, en agitant sa gousse d'ail d'une main tremblante.

Dans l'obscurité, les quatorze pupilles fouillaient frénétiquement les alentours, à la recherche d'un repère visuel qui pourrait les réconforter. Encore une fois, sans se consulter, ils se groupèrent les uns contre les autres, en quête de sécurité.

Dans le haut-parleur accroché au-dessus d'eux, un râle se mit à souffler de façon perturbante, comme une voix sortie d'outre-tombe.

— C'est ÇA que j'entendais dans l'auditorium ! souffla Zachari.

Puis on entendit un déclic, signifiant que la communication venait de s'interrompre.

— OK. Non! décréta Meg.

Sans plus de cérémonie, elle se mit en marche, d'un pas ferme et résolu. Ils n'allaient quand même pas passer la nuit à seulement *écouter* un fantôme ridicule qui se paye leur tête pour s'amuser. Et ce n'était pas en courant toujours dans la direction opposée qu'ils allaient l'attraper. L'appareil de l'interphone se trouvait dans le secrétariat. Elle accéléra, question de se donner une chance d'arriver plus rapidement. Les autres appelèrent son nom et se lancèrent à sa suite.

— Attends!! Qu'est-ce que tu fais?! Attends-nous!!!

C'est en courant qu'elle déboucha dans le grand corridor, poussant sur ses jambes de plus en plus fort pour se donner un maximum de vitesse. Après quelques enjambées, le secrétariat apparut dans son champ de vision. Il était vide. Plongé dans le noir. Meg s'arrêta net devant la fenêtre et scruta l'intérieur de la pièce avec minutie. Le reste de la bande ralentit à son tour.

— Tu vois-tu quelque chose?

— Non. Y a pas assez de lumière.

La poignée de porte refusait de tourner.

— Maggie, donne ta caméra, ordonna-t-elle.

— Ça me dérange pas, mais tu vas rien pogner à cause du reflet du flash dans vitre…

C'était vrai. Meg serra les dents furieusement et poussa inutilement contre la porte, avant de décider:

— V'nez. On va le rappeler.

Ils furent bientôt de retour à la planche de jeu. L'étoile était défaite, ce qui les alarma, jusqu'à ce que Maggie leur fasse penser qu'il s'agissait sûrement de leur propre travail :

— On est partis en malades, c'est sûr qu'on a pilé dans le sel pis qu'on a déformé le dessin.

— Ouain… T'as raison, fit Émile. Là, y faudrait peut-être qu'on se calme les nerfs un peu, sinon on va péter au frette. OK, y a un fantôme dans l'école. OK, ça fout la chienne. Mais si on continue à s'énerver, on pourra jamais tirer ça au clair.

— C'est vrai, ça. Pis, si ça se trouve, y a aussi peur de nous autres que nous on a peur de lui, pis c'est pour ça qu'y arrête pas de se manifester, suggéra Zach. Peut-être qu'on pourrait juste y parler. J'ai une tante qui m'a dit qu'y nous entendent quand on leur parle.

L'idée fut acceptée. À ce stade, n'importe quoi pouvait fonctionner. Ils se rassirent en rond et se détendirent. Puis, Zachari prit la parole.

— Fantôme de Chemin-Joseph, nous sommes ici en amis !

— C'est bon ça ! confirma Joël.

— … Nous voulons seulement savoir qui vous êtes et si vous avez besoin d'aide !

« Bong ! »

Jade se leva d'un bond, rapidement imitée par le reste de la bande.

— C'est QUOI, ÇA ? ! s'enquit le garçon dodu.

«Bong-bong-bong…»

Avec un rythme constant, quelqu'un (ou plutôt : quelque chose !!!) frappait sur du métal.

— Alice, j'ai peur !!! dit Maggie en oubliant tout le discours d'Émile.

— On dirait que ça s'en vient par ici !

En effet, le bruit se rapprochait tranquillement, devenant plus fort et plus rapide, comme une menace louvoyant vers eux.

Jade alla chercher du réconfort dans la main de Zach, à côté de qui elle se trouvait. Ce dernier referma ses doigts sans même prendre le temps de réaliser qui il touchait, lui-même trop saisi par sa propre frayeur.

— PAR LÀ-BAS ! cria Maggie en pointant l'obscurité du corridor en construction.

Ils détalèrent tous vers les grandes portes qui bloquaient l'accès à l'aile délabrée. Sur celles-ci, on pouvait lire une affiche disant : « ENTRÉE INTERDITE – Les récalcitrants seront punis. » Émile appuya dessus et se rendit compte que le mécanisme d'ouverture était coincé.

— Joël, viens m'aider, grouille !

Le garçon dodu se précipita vers son ami et poussa de toutes ses forces avec lui, sans résultat. Zachari décida donc de se joindre à l'effort. Au bout de quelques poussées, la clenche céda, ouvrant la voie sur une gorge étroite et froide, remplie de toiles d'araignées.

Alice trébucha sur une vieille brique et s'effondra par terre en s'éraflant les paumes. Meg l'aida à se relever et la tira dans sa course.

— Attendez donc! hurla-t-elle aux garçons loin devant.

Mais ceux-ci s'étaient déjà arrêtés. Le couloir finissait là, en cul-de-sac.

— Qu'est-ce qu'on fait? demanda Joël, qui transpirait maintenant de tous ses pores.

— Chut, écoutez! fit Zach.

Le son avait cessé. Ou bien ils étaient trop loin pour le capter. Quoi qu'il en soit, on n'entendait plus rien.

— Moi, je retourne pas là-bas, en tout cas! avertit Joël.

Personne ne lui répondit. Premièrement parce que c'était étrange et excitant de découvrir un lieu nouveau au sein d'une école qu'ils fréquentaient tous les jours, mais également parce que si le fantôme les avait suivis jusque-là, trouver un endroit où se cacher serait probablement une bonne idée. Ils commencèrent donc à explorer autour d'eux.

— V'nez ici! les alerta la minifille.

Tous la rejoignirent dans l'entrée du seul local des environs. Ils étaient passés devant, pendant leur course folle, sans le remarquer. La porte manquait. L'entrée était plus étroite que celle des autres locaux. À l'intérieur, une petite fenêtre gauchement barricadée laissait filtrer un rayon de lune, qui éclairait faiblement les décombres empoussiérés et parsemés d'éclats de roches. Un lustre pendait lamentablement du plafond noirci. Son cristal renvoyait la lumière en petits jets multicolores. La pièce aurait pu paraître accueillante et mystérieuse, n'eût été du mur défoncé tout au fond, qui laissait transparaître par son ouverture le squelette de l'édifice. Le trou s'ouvrait sur des poteaux de soutien qui maintenaient toute la structure de l'école comme de gros os de bois. Mais ce qui retint l'attention des adolescents furent les empreintes de pas fraîches un peu partout dans la pièce supposément abandonnée.

CHAPITRE 42

DANS LE VENTRE DE LA BÊTE

— Ouain, ben sûrement qu'y en a d'autres qui sont venus fouiner, supposa Maggie. J'veux dire… C'est pas ben dur de venir jusqu'ici ! Si nous autres on a été capables…

— Peut-être, fit Zach. Mais en même temps, y a fallu qu'on se mette à trois pour ouvrir la porte…

— Attends, là, comprit Joël. Tu veux dire que…

— … Ce qui s'est promené ici est arrivé par le trou dans le mur là-bas, compléta Jade.

— Ça mène où, ça ? demanda Émile.

— Dans le futur, laissa tomber Joël, qui avait besoin d'évacuer un peu de pression.

— Non, mais pour vrai ?

— Je l'sais-tu, moi…

— Y a juste une façon de l'savoir, laissa tomber Meg.

Toutes les têtes se tournèrent dans sa direction. Elle ne pouvait pas être sérieuse. Aller inspecter ce passage était une idée complètement folle. Et plus risquée encore que toutes ses impulsions précédentes. Qui sait ce qui se trouvait là-dedans ? Mais ils n'eurent pas le temps de protester que déjà leur amie se dirigeait vers l'entrée.

— Mégane, attends! dit Alice.

La petite tête mauve disparut dans l'obscurité. Ils allaient devoir se rendre à l'évidence un de ces quatre: rien ni personne ne pouvait la retenir. Elle continuait d'avancer et le faisceau de sa lampe rapetissait à mesure qu'elle s'enfonçait vers l'inconnu. Les six restés derrière se consultèrent en silence et Émile haussa les épaules. Il fallait la suivre. Encore une fois. Quel autre choix s'offrait à eux?

Ils avancèrent prudemment. L'écho de leur progression se répercutait sur les parois rocheuses et humides. Le tunnel s'enfonçait profondément, on ne voyait même pas l'autre bout.

— Meg! souffla Zach.

Cette dernière ne répondit pas. On ne l'entendait plus nulle part. Quelque chose bougea dans l'obscurité, ce qui fit réagir Jade:

— Hiiiiiii!!!!

— C'est rien, ça doit être un rat, dit Émile.

— UN RAT?! dit une voix près de lui.

— Ah, Joël! t'es pire qu'une fille!

— Ben oui, mais j'aime pas ça, les rats…

— Chut, j'ai entendu bouger par là, fit Alice.

Un peu plus loin, le passage bifurquait à gauche. La fille timide partit en tête et les autres la suivirent en file indienne en pointant leur lampe de poche un peu partout autour. Des résidus de rocaille craquaient sous leurs pieds. Avant même qu'ils n'arrivent au virage, une masse noire bondit devant eux en s'accrochant à l'épaule d'Alice, qui hurla de terreur.

— AAAAAHHHHHH!!!!!!!!!

— Alice, Alice! C'est moi, Meg!!!

— Fais pus jamais ça! geignit-elle d'une petite voix aiguë.

— V'nez voir, j'ai trouvé que'que chose.

Elle les emmena derrière le coude anguleux. Tout juste derrière le tournant, un autre virage s'imposait vers la droite. À cet endroit, l'espace devenait plus large, créant une sorte d'aire ouverte. Meg tendit un bras sur le côté, pour faire signe aux autres d'arrêter, et braqua sa lumière vers le fond. Un petit lit trônait là, au milieu de colonnes immenses. À son côté, on apercevait une table de chevet rustique, sur laquelle reposaient des chandelles éteintes. Tout près, une bibliothèque construite à la main abritait plusieurs centaines de livres. Des livres de médecine, de chimie, de toutes sortes. Quelques-uns traînaient même sur le sol, par manque d'espace. Deux tables (comme celles que les professeurs utilisaient en guise de bureau dans les classes) étaient disposées près du mur de gauche. Sur la première, quelques crayons ainsi qu'une tonne de papiers et de cahiers remplis de notes. Sur la deuxième, on comptait une quizaine de bocaux de verre, renfermant respectivement une araignée, une guêpe, des fourmis, des herbes de toutes sortes et différents liquides de couleurs variées. Chacun était séparé et identifié d'une étiquette. Certains mots étaient illisibles. Tout près de là, une étagère abritait toutes sortes d'objets hétéroclites. Enfin, un vieux coffre de cèdre, calé contre le pied du lit, complétait le mobilier. On avait recouvert tout le plancher de tapis courts, enchevêtrés dans un ordre abstrait.

— OK ! fit Zach. ÇA c'est bizarre !

— Qu'est-ce que ça fait là, vous pensez ? demanda Jade.

— Je l'sais pas, fit Joël. Mais si c'est là, ça doit être parce que quelqu'un s'en sert.

— Ouain, mais on est la nuit, observa Émile. Pis y a personne dans le lit. Pensez-vous que ça pourrait être un prof qui vient faire des sommes l'après-midi ?

— À moins que tantôt, c'était *quelqu'un* qui faisait le bruit qu'on a entendu, proposa Maggie. Pis que cette personne-là est en train de nous chercher dans l'école !

— Mais ça serait qui ? demanda Zach.

Ils n'avaient pas besoin de prononcer le nom. La même personne revenait dans toutes les têtes : le concierge. C'était le seul être humain assez étrange et inquiétant pour se cacher entre les murs de l'école.

— Pis ça expliquerait pourquoi c'est toujours le dernier à partir, à la fin de la journée, lança Meg.

— Ben oui ! réalisa Joël. Parce qu'y s'en va PAS ! Y attend que tout le monde soit parti, pis là y vient se coucher ici !

— Sauf que c'est pas logique, dit Zach. Si c'était vraiment lui, y serait venu nous voir, y aurait pas essayé de nous faire peur.

— À moins qu'y voulait nous détruire mentalement. Les maniaques font souvent ça à leurs victimes, lança Meg sur un ton macabre en s'avançant vers le coffre.

— Fouille pas là-dedans ! l'avertit Émile nerveusement.

Mais elle ne l'écouta pas (évidemment !) et tira sur le couvercle. Une odeur épicée lui chatouilla les narines. Ses pupilles se dilatèrent de surprise. À l'intérieur du coffre dormaient des vêtements.

Des vêtements d'enfants ! ! !

CHAPITRE 43

GO !

— OK ! Là, j'ai VRAIMENT peur ! pleur-nicha Jade en s'accrochant cette fois à la main d'Alice.

— Ben, peut-être qu'y voulait juste qu'on s'en aille, tantôt ! conclut Joël. Ce qu'on devrait faire, d'ailleurs. On a trouvé ce qu'on cherchait, là : y en n'a pas de fantôme, c'est le concierge. Moi je dis qu'on ramasse nos affaires pis qu'on s'en va, avant qu'y nous trouve pis qu'y nous tue !

— Non, décida Meg. On va le trouver. C'est ÇA qu'on va faire.

— De QUOI tu parles ? On fait pas ça pantoute !!! s'exclama le joufflu.

— Là, j'avoue que j'suis un peu d'accord avec Jo, enchaîna Émile.

— Allez-vous-en si vous voulez. Moi, j'pars pas d'ici tant que c'est pas réglé.

— Mégane, murmura Alice, ça pourrait être dangereux. Pour vrai, là. Si y s'est amusé à nous faire peur toute la soirée au lieu de juste venir nous voir pour qu'on s'en aille, c'est parce qu'y est dérangé. Si y nous trouve, on sait pas ce qu'y pourrait nous faire, pis en plus, y a personne qui sait qu'on est ici. Fait que si y nous arrive de quoi, y a personne qui peut nous sauver.

La minifille était intraitable. Rien ne la ferait changer d'idée.

— Moi aussi je reste, d'abord, déclara Zach. J'la laisserai pas toute seule avec c'te maudit mongol-là.

Après un temps de réflexion, tout le monde décida d'embarquer dans cette aventure insensée. On ne pouvait pas les laisser seuls ici, à la merci d'un fou furieux assoiffé de sang, collectionneur de linge d'enfant. Joël n'avait pas du tout envie de rester, mais entre ça et s'en aller tout seul dans la nuit, le danger était le même.

Ils quittèrent la chambre, par précaution. Si le propriétaire devait y revenir, mieux valait ne pas s'y trouver. Tant qu'à le surprendre, autant le faire en terrain « inconnu » : le piéger dans son intimité se révélait risqué. D'autant plus qu'il pouvait très bien s'être déjà caché dans une partie ombragée, à les écouter élaborer leur stratagème. Et dans cette éventualité, tous les efforts du monde seraient inutiles, puisque l'homme à la face mauve les déjouerait avant même qu'ils n'aient commencé.

— On sort par où ? demanda Jade.

Deux choix s'offraient à eux : rebrousser chemin vers le couloir condamné, ou aller tout droit, en continuant d'explorer le tunnel qui se prolongeait au-delà de la pièce improvisée.

— On devrait continuer, fit Zach. De même, on va au moins savoir où ça mène.

— C'est vrai, approuva Meg. La porte qu'on a prise pour s'en venir ici, tantôt, a s'ouvrait pas. Ça veut dire que lui y passe toujours par l'autre bord. C'est mieux qu'on sache où le reste du chemin débouche, comme ça on va connaître toutes les places où y peut passer pour nous surprendre.

Ils se remirent en route, progressant à un rythme lent afin de s'assurer qu'aucune surprise ne les prenne de court. Le passage s'étirait sur plusieurs mètres. C'était étrange de marcher « entre » les murs de l'école. L'irrégularité du sol rendait le déplacement laborieux, improbable. Malgré l'éclairage fourni par leurs lampes de poche, on ne voyait pas très clair dans cet espace fermé.

Après plusieurs minutes de marche à tâtons, un petit portail en bois, de la hauteur d'un nain, se dressa devant eux. Un loquet le retenait verrouillé de leur côté mais, pour le moment, il n'était pas enclenché.

— Qu'est-ce qu'on fait ? demanda Joël, pour la centième fois de la journée.

— D'un coup qu'on l'ouvre pis qu'y nous attend de l'autre bord ? s'inquiéta Maggie.

Après une courte réflexion, Meg lança :

— Ouain. Ben si on l'ouvre pas, on le saura jamais.

Elle agrippa alors un bout de planche et tira dessus, pendant que toute la bande retenait son souffle. Un grand trou, d'une noirceur plus sombre que la noirceur elle-même, les attendait de l'autre côté. Rien n'était visible au-delà de la

distance du nez, et encore ; on pouvait difficilement dissocier la fin du nez et le commencement
du noir.

— Moi, c'est sûr que j'rentre pas là-dedans !
avertit Joël en reculant.

— Bon, ben… Bonne nuit ! rétorqua Meg en
se penchant pour franchir l'ouverture.

À ce stade, sa décision ne surprenait plus
personne. Cette fille ne s'arrêterait d'avancer que
si on l'assommait. Et encore. L'un après l'autre,
Émile, Jade, Zach, Alice et Maggie la suivirent.
Le garçon dodu se lança immédiatement à leur
suite. C'était hors de question qu'il reste tout seul
derrière !

— C'est ben bizarre ! chuchota Zachari.

Le son semblait étouffé dans ce lieu. Comme
si une fois prononcées, les paroles s'évaporaient
dans l'air. Après avoir balayé tout autour de son
rayon lumineux pour s'assurer qu'ils étaient bien
seuls, Meg leva la main et tapota le plafond du
bout de l'ongle. Encore du bois. Celui-ci était
ridiculement bas. En se plaçant sur la pointe des
pieds, on risquait de se cogner la tête. Par contre,
leur prison était vaste, libérant beaucoup d'espace
de chaque côté.

— On est où ? demanda Jade.

— En dessous de l'auditorium, répondit Meg.
On est en dessous d'la scène, j'suis sûre.

Elle avança en éclairant au loin. Les éléments
de décor apparurent à l'autre bout, endormis dans
la quiétude de la nuit.

— La trappe est en avant, se rappela Zachari.

C'est par là qu'il était passé, le fameux jour du faux incendie, pendant les olympiades.

— Je l'ai ! annonça Alice. Juste ici !

Elle poussa pour l'ouvrir, et devant eux se dévoilèrent les cinq cents sièges réservés au public. Une grosse veilleuse faisait son travail de veilleuse et diffusait un halo bienveillant dans l'allée de l'auditorium. La minifille avait bien deviné.

— Wow, ça veut dire que c'te tunnel-là fait le tour de l'école au complet ! calcula Émile.

— OK, ça nous prend un plan de match, fit Zach.

— Ben… J'aurais peut-être une idée, proposa Maggie. Jusqu'à maintenant, y se manifeste juste quand on bouge pas. Fait que la meilleure façon de le trouver, ça serait de s'installer quelque part où on est visibles, pis de faire semblant qu'on est occupés.

— Ouain, mais y veut pas qu'on le voie, observa Alice. Dès qu'on va avancer vers lui, y va aller se cacher.

Une réflexion intelligente. Effectivement, si l'homme avait voulu se faire voir, il se serait tout simplement montré, au lieu de taper sur…

— Sur quoi y tapait ? demanda soudain Meg.

— C'est quoi le rapport ? fit Jade.

— Ça sonnait métallique. L'école est pas faite en métal, que j'sache !

— Les casiers ! s'exclama Joël, fier de sa déduction.

— Ouais…

Les yeux de Meg examinaient le vide dans un mouvement de gauche à droite, à mesure que son cerveau faisait des calculs.

— OK. R'gardez c'qu'on va faire, fit-elle enfin tout bas. Vous autres, vous allez retourner au jeu, pis vous allez faire semblant d'essayer de contacter un esprit. Pendant c'temps-là, moi, j'vas l'attendre proche des cases.

— Non, s'opposa Zach immédiatement. Tu vas pas rester tu-seule. J'viens avec toi.

— OK. Ben les autres, vous y allez. Pis si vous nous entendez crier, vous suivez le son, pis vous v'nez nous aider ! Pis Maggie, tu prends des photos le plus possible en arrivant !

— Pis si y est déjà là-bas ? fit Alice.

— Quand y va vous entendre arriver, y va aller par la même place qu'on vient de passer, pis y va venir par ici. Parce que c'est vrai c'qu'Alice a dit t'à l'heure : y veut PAS qu'on le voie.

Ils acceptèrent l'idée, un peu à contrecœur. Laisser Meg et Zach affronter seuls le fou n'était pas le meilleur plan du monde. Mais puisqu'il le fallait…

Pendant que les cinq autres s'en allaient, la minifille tira son ami par la manche et s'en alla vers le sous-sol.

— Mais t'as dit qu'on l'attendait aux cases ! protesta son ami.

— Ouais, mais avant j'ai besoin de quelque chose.

Ils retournèrent donc ensemble dans la pièce secrète, où elle sortit la corde de son sac.

— Une chance que j'en ai apporté, murmura-t-elle. Viens.

Discrètement, ils revinrent sur leurs pas et s'installèrent parmi les casiers, dans le recoin d'un mur qui séparait ceux-ci des toilettes.

— Prends ton bout ; moi, j'vas prendre l'autre, expliqua Meg. Dès qu'on l'entend, on part à courir dans sa direction, pis on le ramasse avec la corde. On s'arrête pas.

— Ouain, mais si y part après nous ?

— C'est pour ça la corde : pour garder une distance entre lui pis nous autres, mais qu'on soit quand même capables de le mettre à terre.

— Ah, OK, j'comprends…

— OK, ferme-la. Sinon y va nous entendre.

Et l'attente recommença, pour une centième fois ce soir-là. Leur cachette étroite devint vite inconfortable. Zach commençait à avoir une jambe engourdie, à force d'être accroupi dessus. Meg et lui se tassaient l'un contre l'autre, afin de camoufler le mieux possible leur présence.

— Ah, s'cuse-moi, mais tu peux-tu gratter mon dos s'te plaît ? demanda-t-il, incapable de résister plus longtemps. J'pas capable, j'me rends pas, y a pas assez de place !

Meg fronça les sourcils, mais lui rendit quand même le service.

— Plus bas… À gauche… Non, l'autre gauche… Oui, là ! Aaahhhhhhhh…

Elle arrêta subitement.

— Pourquoi tu…

— Chut !

Un frottement venait de lui faire vibrer le tympan. Quelqu'un se rapprochait furtivement. Zach tendit l'oreille et se raidit de nervosité en l'entendant à son tour. Il vint pour se pencher en avant, question de jeter un rapide coup d'œil, mais son amie le ramena vers elle en faisant «non» de la tête. Ce n'était pas le temps de courir des risques inutiles.

Encore une minute passa. Leur cœur faillit exploser de stupeur, quand, juste à côté d'eux, leur homme commença à donner de grands coups sur les casiers, comme il l'avait fait auparavant. Zach en échappa presque un cri de mort, mais se contrôla juste à temps.

Tout se passa à la vitesse d'un serpent qui attaque. Meg donna deux tapes dans le dos de son partenaire et, d'un seul mouvement, ils sortirent de leur planque en criant et en bandant la corde entre eux.

Ils fondirent sur leur proie, mais avant même de l'atteindre, freinèrent immédiatement leur élan, totalement hébétés. Il ne s'agissait pas du concierge.

— EUGE?! articula Meg, totalement dépassée par les événements.

CHAPITRE 44

C'T'À CAUSE...

Eugène se tenait là, complètement paralysé, ne s'étant pas attendu à se faire prendre.

— Mais qu'est-ce que…, commença Zach, sans pouvoir finir sa phrase. Comment ça se fait que… Me semblait que tes parents…?

Les autres accouraient déjà, Maggie prenant des photos et Joël hurlant: « LÂCHE-LES, GROS CHIEN SALE!!!!» Ils stoppèrent net quand ils s'aperçurent qu'aucun des trois devant eux ne bougeait.

— Hein?! Eugène?! s'exclama Alice en le reconnaissant à son tour.

— C'est pas ce que vous croyez, plaida celui-ci en soupirant. Je… Je vais vous expliquer.

De grosses perles de sueur dégoulinaient sur son visage. La contrariété se lisait sur ses traits.

— Attends, là! C'était TOI? lâcha Joël, complètement décontenancé.

— Ouais, répondit le garçon, mal à l'aise.

— Mais… Comment ça?!

— Eh bien… Parce que j'vous ai menti.

— Quoi, tes parents y voulaient que tu viennes, finalement?

— Non… Non. C'est plus complexe. Vraiment plus complexe.

— Ben là, crache ! siffla Meg, impatiente.

— Je n'en ai plus, de parents. La vérité est que j'habite ici.

— Hein ? Tu veux dire… Tu restes DANS l'école ? demanda Joël, perplexe.

— Oui. C'est exact.

— Mais… Est-ce que le monde le savent ? demanda Émile.

— « Le SAIT » ! le réprimanda Meg, sévèrement. « Le monde », c'est SINGULIER ; pas pluriel ! !

— « Le sait », d'abord !

— Non. Personne ne le sait. Je vous l'ai dit, c'est une histoire vraiment très compliquée.

— Tu veux dire que tu restes dans l'école en secret ? ! jubila Joël. C'est HOT, ça ! ! !

— Attends, là, essaya de comprendre Zach. Le fantôme… C'est *toi*, ça veut dire ?

— Mmmmouais… Si on veut…

— La lumière dans la bibli ? demanda Meg, contente d'enfin pouvoir élucider ce mystère.

— Non. Ça, ce n'est pas moi. C'est un logiciel qui a été programmé pour s'allumer toutes les nuits à minuit et cinq. Parce que la fenêtre de la bibliothèque donne sur la partie de l'école qui fait face au chemin. Ça décourage les rôdeurs, ou ceux qui voudraient faire des mauvais coups, parce que tout le monde peut les voir en passant dans la rue. Et en même temps, ça nourrit le mythe du fantôme. Ce qui est une bonne chose, parce que de cette façon, les élèves ont peur de s'approcher quand il n'y a personne.

— Mais… Pis l'eau, dans les douches des vestiaires, le matin? fit Joël.

— Ça, c'est moi. C'est simplement parce que parfois je me lave le soir, et d'autres fois le matin. C'est la raison pour laquelle il n'y en a pas tous les jours, de l'eau dans les vestiaires.

— Pis la fenêtre, dans le local de sciences, c'est-tu toi? demanda Maggie.

— Oui.

— Ouain mais… Non, ça marche pas! réalisa Zachari. Le fantôme, ça fait super longtemps qu'y existe! Pis toi, t'as juste treize ans!

Le garçon se tordit les doigts avant de dire:

— D'accord. Pas ici, ça va être trop long. Venez avec moi.

Il les guida vers sa chambre, celle dissimulée au cœur de l'aile condamnée, et les invita à s'asseoir. Eugène s'assit sur son lit, pendant que le groupe prenait place par terre et sur la chaise près de la table.

— Ça veut dire que le linge… C'est à toi? fit Jade en pointant le coffre.

— J'ai bien pensé que vous aviez trouvé mon repaire… Oui. Ce sont mes vêtements. J'n'ai pas de commode pour les ranger, donc je les mets là.

— Pis pourquoi t'as plein de bibittes pis de pots avec plein d'affaires louches dedans? demanda Joël.

— Je m'en sers pour faire des expériences.

— Des expériences de quoi? voulut savoir Alice.

Après avoir pris une grande inspiration, Eugène s'expliqua:

— Avant tout, il faut que vous me promettiez de ne jamais dire à PERSONNE ce que vous allez entendre ce soir. C'est une question de vie ou de mort. JE SUIS SÉRIEUX... Je pourrais mourir si d'autres gens l'apprenaient. Est-ce que vous me le promettez?

Avec des regards confus et remplis de questions, ils acquiescèrent tous en même temps, prêts à promettre n'importe quoi pour comprendre.

— J'aime autant vous avertir: c'est très difficile à saisir. Mais c'est la vérité, je peux même vous le prouver.

— OK! Vas-y, on va pas attendre jusqu'à la fin de la vie! s'impatienta Meg.

— Mégane, ferme-la, lui répondit Eugène d'un ton léger mais autoritaire.

Joël ouvrit de grands yeux en se tournant vers son amie, pendant que tous les autres essayaient de disparaître dans le néant pour éviter l'orage qui allait sûrement éclater. Mais aucun orage n'éclata. Au lieu de cela, la minifille rétrécit ses paupières jusqu'à ce qu'il n'en reste qu'une mince fente menaçante.

— Bon. Je ne sais pas trop par où commencer, donc je vais essayer d'y aller en ordre. La vérité est que je ne suis pas la personne que vous pensez.

Le garçon hésitait beaucoup. On voyait qu'il travaillait fort pour mettre de l'ordre dans sa tête afin de bien expliquer son propos. Des rides se creusaient sur son front, qu'il massait d'une main en réfléchissant.

— T'es qui, d'abord? demanda Jade, le plus simplement du monde.

Eugène regarda Zach du coin de l'œil avant de répondre:

— Je suis Armand Frappet.

CHAPITRE 45

LA VÉRITÉ

— QUOU-WA ?! cria Zachari.

— Non-non, trouve d'autre chose ! s'exclama Maggie. Ça s'peut pas, ça !!!

— C'est qui, ça, Normand Frappin ? demanda Joël, perdu.

— Je sais, je sais ! essaya de les calmer Eugène. Je sais que c'est incroyable, mais attendez, c'est précisément ÇA que je dois vous expliquer. Faites-moi confiance. Seulement quelques minutes. Je vous en prie.

Ils se turent, sceptiques, mais prêts à lui donner une chance.

— Si vous faites des recherches, vous allez trouver qu'avant, j'étais un professeur…

— … de chimie, compléta Zach.

— Exact. De chimie. En vieillissant, j'ai développé une maladie qui s'appelle la « dermatite ».

— C'est quoi, ça ? s'enquit Jade.

— Plusieurs personnes utilisent le terme « eczéma ». C'est une maladie qui fait que la peau devient excessivement sèche, ce qui provoque des démangeaisons insupportables. Beaucoup de gens en souffrent. En ce qui me concerne, c'était une maladie chronique. Aujourd'hui, la médecine a beaucoup évolué, mais dans ce temps-là, on n'avait pas vraiment de façon de la soigner. On pouvait la traiter, mais pas la faire disparaître complètement. Bref, un jour je me suis dit que ça serait peut-être une bonne idée d'essayer de trouver un remède. Si je réussissais, j'allais peut-être aussi pouvoir guérir d'autres sortes de maladies de peau. Donc j'ai commencé à faire des expériences, et à mélanger des composés chimiques. Je ne faisais de mal à personne : j'essayais mes expériences sur moi-même. Au bout de trois ans, j'ai finalement trouvé une formule qui agissait sur la peau.

— T'as réussi à te guérir au complet ? fit Alice.

— Si on veut. Parce que ma peau est redevenue belle, et toutes mes plaques sont parties. Mais le médicament, qui aurait dû devenir inactif après un certain temps, a continué à agir, et ma peau devenait toujours de plus en plus belle. Au début j'étais heureux, mais après un temps, ce n'était plus seulement ma peau qui était plus belle, mais aussi mes cheveux ! Au début de mon traitement, j'avais quelques cheveux blancs, et puis après un an, je n'en avais plus du tout ! Puis, encore quelques années plus tard, j'ai commencé à maigrir, et mes muscles sont devenus plus faibles. Et mes os me faisaient terriblement mal. Puis un matin, j'ai réalisé que je ne m'étais pas rasé depuis plusieurs jours, sans que le poil n'ait repoussé. Puis mes chaussures sont devenues un peu grandes pour mes pieds. Pourtant, je les portais depuis au moins un an ! C'est à ce moment-là que j'ai eu l'idée de me mesurer. À ma grande surprise, j'avais rapetissé. Pas énormément : à peine un centimètre. Tous les êtres humains rapetissent avec le temps. Mais à cette période, je n'avais pas l'âge pour que ce genre de phénomène se produise. C'est à ce moment-là que j'ai compris ce qui m'arrivait : je rajeunissais. Évidemment, je vous fais un abrégé. Tous ces symptômes ont pris plusieurs années à se manifester. On parle ici d'une dizaine d'années.

— Hein ? ! T'as trouvé un médicament pour rajeunir, ça veut dire ? ! s'écria Maggie.

— C'est exactement ça. Je venais d'inventer ce qu'on appelle une « formule de jouvence ».

— C'est HOT ! !

— NON ! Non ce n'est pas *hot*, Maggie ! Pour deux raisons : premièrement, parce que TOUT LE MONDE veut posséder la recette de cette formule-là. Depuis que le monde existe, les chercheurs RÊVENT d'inventer une potion qui fait rajeunir. Imagine ! Plus personne ne serait obligé de vieillir ; peut-être même que ça nous empêcherait de mourir ! Parce qu'une formule comme celle-là ne fait pas seulement guérir la peau : elle guérit TOUTES les maladies qui existent !

— Ben justement ! C'est hot ! s'obstina la jeune fille.

— Non. Tu vas comprendre pourquoi.

— Attends, là, l'interrompit Joël. Comment ça ta formule guérit TOUTES les maladies ?

— Bien… C'est un peu compliqué. Mais disons simplement que quand tu tombes malade, c'est parce qu'il y a des cellules qui s'affaiblissent ou qui meurent à l'intérieur de toi. Et quand tu guéris, c'est parce que ces cellules se sont régénérées.

— J'comprends pas…

— Tu sais, quand t'as faim… Tu deviens plus faible. Vrai ou faux?

— Vrai…

— Et après, quand tu manges, tu te sens plus en forme. Oui ou non?

— Oui…

— Eh bien, c'est la même chose avec les cellules. Lorsque tu es malade, c'est parce que tes cellules ont faim. Et quand tu guéris, c'est parce que tes cellules se sont nourries, donc elles sont plus en forme. Sauf que lorsqu'on vieillit, c'est plus difficile pour nos cellules de se nourrir. Parce qu'elles sont plus fatiguées. Le processus de nutrition est plus long. Plus difficile à amorcer. Résultat: certaines d'entre elles meurent de faim. C'est comme une voiture; plus tu t'en sers, plus tu dois aller au garage souvent, parce que les morceaux vieillissent et fonctionnent moins bien. Et un jour, ils arrêtent carrément de fonctionner. Ce jour-là, ta voiture, elle meurt. Tu comprends?

— Oui, j'pense que oui!

— Voilà. Mais avec une formule qui fait rajeunir, non seulement les cellules arrêtent de mourir, mais en plus, elles se multiplient! C'est pour CETTE RAISON que tu rajeunis. Parce que tu as toujours plus de cellules, au lieu d'en perdre à mesure que les années passent. Et c'est impossible que tu sois malade, parce que tes cellules sont toujours en pleine forme. Si une formule de ce genre-là était rendue publique, des guerres épouvantables éclateraient partout à travers la planète ! Et c'est pour ÇA, Maggie, que c'n'est pas *hot*.

— Mais… Pourquoi y aurait des guerres ?

— Parce que pour acheter une telle formule, même si tu avais tout l'argent de la terre ENTIÈRE… ça ne serait même pas encore assez. Comprenez-vous ce que j'essaie d'expliquer ? La personne qui posséderait cette formule-là posséderait aussi le *pouvoir de vie ou de mort* sur toute l'humanité ! Plein de gens TUERAIENT pour avoir ce genre de pouvoir… ! Me tueraient MOI, s'il le fallait…

— Ça veut pas dire…, s'obstina Émile.

— D'accord. Admettons que c'est toi qui possèdes la recette de la formule. À qui tu la donnerais ? Penses-y : *tout l'argent de la terre entière*, et le pouvoir de guérir n'importe qui, de n'importe quelle maladie. Qu'est-ce que tu ferais ?

— Ben, j'la garderais pour moi ! dit le garçon.

— Très juste ! Maintenant, voyons ça dans l'autre sens. Si c'était Joël qui l'avait en sa possession, et que ton père à toi était très malade… Admettons que le seul moyen de le guérir soit de lui donner une injection de cette formule, mais que tu n'aies PAS tout l'argent de la terre pour l'acheter… Qu'est-ce que tu ferais ?

— Ouain… j'avoue !

— Non seulement ça! Les compagnies qui fabriquent des médicaments pour les pharmacies seraient obligées de fermer : on n'aurait plus besoin d'aucun médicament! Et savez-vous combien d'argent font les compagnies pharmaceutiques dans une année? Des centaines de MILLIARDS de dollars! Si vous, vous faisiez des centaines de milliards de dollars chaque année, et que moi je vous disais que vous allez devenir pauvres parce que j'ai inventé une formule qui bat tous vos médicaments, qu'est-ce que vous feriez?

— J'essayerais de détruire ton invention, dit encore Émile.

— Exact! Mais moi, je ne VEUX PAS que tu la détruises! Parce qu'elle me rend riche! Et que je peux sauver tous les gens que j'aime de n'importe quelle maladie! Alors il se passe quoi selon toi? On commence à se chicaner. Et on se fait la guerre.

— OK, je comprends! fit Maggie. Pis c'est quoi la deuxième raison pourquoi c'est pas hot que t'aies inventé une formule de même?

— La deuxième raison, c'est que ma formule à moi n'est pas bonne.

— Hein? Ben oui, est bonne : a marche sur toi, non?

— Non! Parce que mes cellules n'arrêtent jamais de se nourrir! C'est comme si elles étaient devenues des monstres affamés. Pensez-y! Je ne devrais pas avoir autant rajeuni! Les os ne sont pas faits pour rapetisser! Mais puisque mes cellules n'ont pas assez de nourriture dans mon sang et dans les vitamines que me fournit mon alimentation, elles ont commencé à puiser dans mes organes internes – mon foie, mes reins, ma mœlle épinière, etc. –, et tout mon intérieur est en train de se détruire, ce qui fait que je suis deux fois plus malade. Souviens-toi, Zachari! Cette grippe, l'an passé, que je n'arrivais pas à guérir; mon nez qui s'est mis à saigner pendant le cours d'histoire… Ce ne sont là que des exemples, parce qu'en réalité chaque jour j'ai un nouveau malaise. Comprenez-vous? Ça veut dire que j'ai l'air d'avoir treize ans, mais à cause de mes cellules qui mangent mes organes internes, c'est comme si j'avais… soixante-quinze ans!

— Mais là, pour vrai, t'as quel âge? voulut savoir Jade.

— J'ai cinquante-sept ans.

— Ayoye!

— Donc, est-ce que vous comprenez pourquoi je devais absolument disparaître?

— À cause que tout le monde aurait essayé de te tuer pour te voler ta formule? essaya Maggie.

— Entre autres, mais surtout parce que tout le monde essaierait de me voler une MAUVAISE formule! Et non seulement ça: si quelqu'un me la vole, moi, je ne peux plus trouver l'antidote…

— L'antidote? répéta Zach.

— Oui, parce que j'essaie de trouver une façon de renverser les symptômes! Pensez-vous vraiment que c'est agréable de se cacher tout le temps? De vivre dans des ruines? De passer SA VIE dans une école? D'être un fantôme?

Joël frissonna de dégoût.

— Mais, ça fait-tu vraiment vingt ans que tu vis ici sans que *personne* le sache? le questionna Émile.

— En fait, il y a deux personnes qui le savent, avoua Eugène. Le directeur et le concierge.

— HEIN?! Le *concierge?!* firent Joël, Maggie, Alice, Zach, Émile et Jade.

— HEIN?! s'exclama Meg en même temps. Mon *PÈRE?!?!?!*

— Je n'avais pas vraiment le choix, expliqua-t-il à nouveau. Je ne pouvais pas rester caché sans le dire à personne. Premièrement pour des raisons de sécurité : s'il m'arrivait vraiment quelque chose, quelqu'un devait pouvoir être en mesure de me trouver pour m'apporter les soins nécessaires. Et ensuite, parce que c'est bien beau se cacher, mais j'ai des besoins, aussi! Si je devais passer les vingt prochaines années caché dans l'école, comment me nourrir? M'habiller? Me laver? Je devais absolument avoir un double des clés pour déverrouiller les portes des vestiaires et de la cafétéria. Sinon, c'est impossible de prendre ma douche ou de me faire à souper quand tout le monde est parti!

— C'est comme ça que t'as réussi à rentrer dans le secrétariat, tantôt, pour nous faire peur avec l'intercom! en déduisit Alice.

— Pis c'est pour ça que mon père a jamais fait rénover la partie condamnée, comprit Meg. Pour que tu puisses continuer à te cacher.

— Oui. Ton père n'a jamais fait finir les travaux pour que je puisse être tranquille. Puisque cette portion est en chantier, personne n'a le droit d'y aller! De toute façon, personne ne *veut* y aller: il n'y a rien d'intéressant là… Ton père m'a beaucoup aidé! Je n'aurais pas pu trouver un meilleur endroit qu'ici pour me cacher. Peu importe où j'aurais voulu aller, quelqu'un aurait toujours fini par me trouver, à moins que je me sois caché dans les égouts. Et encore! Il y a des gens qui travaillent tous les jours dans les égouts!

— Pis ton lavage, comment tu le fais? demanda Jade, soudain intriguée par ce détail.

— C'est le concierge qui lave mes vêtements. Il les emporte chez lui et me les rapporte quand ils sont propres.

— Heille, mais attends minute! réalisa Zach. Ça veut dire que l'année passée, quand on est allés fouiller dans le bureau du concierge, toi, vu que c'est ton ami, tu…

— Ah, oui. Je suis désolé. J'ai été dans l'obligation de tout lui dire. C'est pour cette raison qu'il savait, quand Meg a pris le double de sa clé. Je ne pouvais pas vous laisser aller fouiller là-dedans, parce que j'ai beaucoup écrit sur mes expériences, sur ma vie dans l'école, sur ce qui m'arrive… Et tous ces documents sont cachés dans son bureau, étant donné qu'il est le seul à y accéder. Personne ne va jamais dans le local du concierge. Quand on a besoin d'articles de nettoyage, on lui demande directement à lui. C'est pour cette raison qu'il travaille ici. Donc je ne pouvais pas courir le risque que vous tombiez là-dessus et qu'on me retrouve à cause de vous. J'espère que vous comprenez… Et je n'avais pas le choix de vous aider non plus, parce que c'était ma seule façon de savoir quand vous aviez l'intention d'essayer d'entrer par effraction. Et en même temps, moi, je savais que ce n'était pas lui que vous cherchiez. C'est mon ami, on se parle tous les jours ; on passe nos soirées ensemble. Je l'aurais su s'il avait enlevé des enfants ! Au fait, qu'est-ce qui est arrivé avec cette histoire ? J'ai entendu dire que les élèves avaient été retrouvés, mais comment ?

— Ouain ! ! ! Vous l'avez jamais su, ça ? Pourtant, Da… le malfaiteur était caché ici !

Zach s'était souvenu de justesse que Meg et lui étaient les seuls, avec Éric, à connaître l'identité du kidnappeur.

— Pardon ? ! Il se cachait *ici* ? ! ? ! s'exclama Eugène. Mais où ? ! Je ne l'ai jamais vu nulle part ! Et s'il y a un être humain qui se promène partout dans cette école, c'est bien moi !

— On le sait pas. C'est un autre prof qui l'a trouvé…, trancha Meg en jetant un regard mauvais à son ami, dont les oreilles commencèrent à se teinter de rouge.

— Hmm. J'imagine que je devrais faire quelques recherches… Maintenant que je vous ai tout dit, est-ce que vous comprenez qu'il faut absolument que tout ça reste entre nous et que jamais personne ne le sache jamais ?

Les sept amis promirent de se taire pour toujours, la main sur le cœur. Les conséquences qu'Eugène (c'est-à-dire Armand Frappet) venait de décrire seraient beaucoup trop désastreuses! Ce genre de secret ne pouvait pas être connu de qui que ce soit.

— Ce que je vous demande est extrêmement difficile, mais PERSONNE ne doit savoir. Pas même vos meilleurs amis. Ni vos parents, vos frères ou vos sœurs. Peu importe la confiance que vous leur portez. Même vous, vous n'auriez pas dû savoir. Maintenant, les risques sont sept fois plus élevés qu'on me retrouve, puisqu'un accident est si vite arrivé. Il suffit d'une situation particulière, d'une erreur de jugement, ou de la peur d'une menace et hop! le secret est divulgué.

— Non, inquiète-toi pas, je le dirai même pas à mon chien! promit Maggie. J'ai pas envie qu'y ait une guerre, ou que quelqu'un essaie de t'tuer!

Les autres acquiescèrent à l'unisson.

— Sauf que là, comment y faut qu'on t'appelle? demanda Jade.

— Comme d'habitude : Eugène. Armand Frappet, il n'existe plus.

— Heille, mais... j'pense à ça... pourquoi tu nous as pas « stoolés » au directeur ou au concierge, quand on t'a dit qu'on allait passer la fin de semaine ici? demanda soudainement Émile.

— Parce que j'ai appris à vous connaître! Vous sept, quand vous avez une idée derrière la tête, c'est impossible de vous la faire oublier! En vous dénonçant, la seule chose que j'aurais faite,

ç'aurait été de repousser la date de votre mission.
Parce que tôt ou tard, vous auriez tout recommencé afin de mettre au jour cette histoire! La
preuve: l'an dernier, quand vous aviez en tête de
vous infiltrer dans le bureau de Jim…

— Jim? C'est qui, ça? demanda Maggie.

— Le concierge… Jim Smith.

— Ah ouain? C'est ça, son nom?

— Ouain, j'avoue, fit Zach. Chaque fois
qu'on n'a pas réussi à rentrer dans son local, on a
recommencé jusqu'à temps que ça marche…

— Voilà. Donc ma seule option était de
vous faire assez peur pour vous décourager à
tout jamais de chercher le fantôme. Sinon vous
alliez revenir encore et encore, jusqu'à ce que…
M'enfin. Jusqu'à ce que vous me mettiez la main
dessus… Ce qui est arrivé, finalement.

CHAPITRE 46

AH ! C'EST POUR ÇA !

Ils passèrent la nuit à discuter, oubliant complètement de dormir. Cette affaire était trop sordide, trop extraordinaire et trop incroyable pour ne pas la décortiquer jusqu'au bout. Eugène leur expliqua que le mythe du fantôme lui rendait énormément service.

— Ça me permet de vivre un peu plus librement sans me faire remarquer. Parce que tout ce qui pourrait éveiller des soupçons est expliqué par le fantôme. L'eau dans les douches, par exemple. Personne n'a jamais dit : « C'est sûrement quelqu'un qui vit caché dans l'école. » Tout le monde accuse l'esprit de se manifester.

— Mais pourquoi la fenêtre dans le local à Fred ? demanda Maggie.

— Parce que j'utilise ce local pour faire mes expériences chimiques et mes recherches. Et parfois, les odeurs des produits sont très fortes, alors j'ouvre la fenêtre pour les évacuer. Tout simplement.

— C'était-tu TOI, dans l'auditorium ? réalisa Zach aussi soudainement qu'un éclair.

— … Oui. Là, par contre, je dois avouer que j'ai un peu perdu le contrôle. L'idée de départ était de provoquer une manifestation du « fantôme ». Pour faire parler. Pour alimenter la légende. Parce que, je me répète : c'est très utile pour moi que cet esprit existe dans la tête des gens. Et croyez-le ou non, la ville est aussi très contente de pouvoir s'appuyer sur une telle histoire. Ça favorise le tourisme ! Les gens adorent chercher des fantômes. Donc, c'est le genre de chose que je fais, parfois. J'invente des façons d'alimenter la croyance populaire. Et j'essaie de varier mes « victimes ». Parfois je me manifeste à des enseignants, d'autres fois à des élèves, en faisant bien sûr attention de ne pas les traumatiser… Avec eux, je n'agis jamais directement. Je les laisse trouver quelque chose de suspect. Comme la fenêtre de Fred, par exemple… Tout ça pour dire que ce jour-là, lors de l'épreuve de connaissances générales, le moment était parfait pour moi. Presque toute l'école se trouvait réunie au même endroit. J'ai donc envoyé un peu de fumée, pour l'aspect « surnaturel » de la chose. Je me disais que les gens allaient s'exciter de savoir que ça ne venait de nulle part, parce que oui, j'ai pris soin de faire passer la machine de l'autre côté de ma trappe secrète, sous la scène, pour la cacher. Ce que je n'avais pas prévu, c'est qu'une élève se mettrait à crier au feu…

Maggie se cacha le visage dans son chandail, gênée d'être celle qui avait tout déclenché.

— … À ce moment-là, tout a dégénéré. L'école s'est vidée, les secours sont arrivés, on a manqué presque une période complète…

— Mais le directeur, y s'en est pas douté, que c'était toi? demanda Émile.

— Bien sûr. Quand les pompiers lui ont expliqué que la fumée ne venait de nulle part, les conclusions se sont imposées d'elles-mêmes. Au début, sa réaction a été de la colère. Mais après réflexion, il a pris le tout avec philosophie. Au fond, tout ça avait permis aux élèves de mettre en pratique les mesures d'urgence en cas d'incendie. Ce qui se doit d'être fait chaque année, de toute façon.

— OK. Mais après, pourquoi tu m'as fait peur, quand je suis revenu chercher mon sac?

— J'y arrive. Quand les pompiers sont repartis, j'ai entrepris de rapporter la fameuse machine à fumée à son emplacement original. Mais tu m'as surpris. Je croyais être seul, dans un auditorium verrouillé. Puis, tu as posé la question : « Est-ce qu'il y a quelqu'un » ou quelque chose du genre. Hé, hé! J'ai bien failli faire une crise cardiaque en entendant ta voix!

— Pis là, vu qu'y fallait pas que je sache que c'était toi, t'as fait comme si le fantôme se manifestait…, résuma l'adolescent.

— Voilà. Mais loin de moi l'idée de te faire perdre tous tes moyens! Quand je t'ai entendu appeler ton père… Je suis désolé, Zachari. Tu as eu vraiment très peur…

Ce dernier se frotta une oreille, tentant inconsciemment de cacher sa gêne. Maintenant que les détails s'éclaircissaient, il se sentait idiot d'avoir réagit si fort, de ne pas avoir su se contrôler.

— C'est quoi, ça? demanda Jade en pointant un objet dans l'étagère.

Pendant l'explication des événements de l'auditorium, son attention s'était détournée vers un cube sur l'une des tablettes. Celui-ci semblait fait d'une matière qu'elle n'avait jamais vue auparavant. Comme un mélange de guimauves, de mouchoirs et de... bulles?

— C'est une invention. C'est comme une éponge, mais mille fois plus évoluée. Je l'ai appelée «l'aspireau». Quand elle entre en contact avec de l'eau, les fibres de son matériel prennent vie, d'une certaine façon, et se dédoublent. Donc le cube grossit, grossit, grossit, jusqu'à ce qu'il n'y ait plus d'eau du tout.

— Pis ça peut aspirer combien d'eau, mettons?

— Autant qu'on veut.

— Genre... une piscine? demanda Joël.

— Ou un lac, si tu veux!

— HEIIIN?!!! s'exclama en chœur le groupe.

— Trop COOL! lança Maggie. Mais après ça, comment tu fais pour la transporter? Me semble que ça doit être lourd, un lac au complet?!

— Oui, mais une fois emprisonnée, l'eau finit par sécher. Alors le cube rapetisse et revient à sa forme originale, tout simplement.

— Wow..., fit Zachari, impressionné.

— Mais encore là, il s'agit d'une invention dangereuse... Imaginez si ça se retrouvait vraiment dans un lac! Ou pire: dans un océan! Avant longtemps, nous n'aurions plus d'eau du tout!

— HEILLE ! Mais y a une affaire que ça pouvait pas être toi ! ! ! s'exclama Joël, sans trop comprendre pourquoi il pensait à ça, soudainement, en plein milieu d'une conversation qui n'avait aucun rapport. L'étagère en métal qui s'est brisée pendant l'examen dans le gymnase ! Zach a dit que c'était barré par en dehors, tu pouvais pas être dedans ! Pis de toute façon, t'aurais pas pu briser du métal !

— Désolé de te décevoir, mais oui, c'était moi.

— HEIN ? ! fit Jade. Mais comment t'as fait ? Y avait personne quand y ont ouvert la porte !

— J'te gage qu'y a un autre passage secret qu'on connaît pas ! supposa Émile.

— Non. Cette semaine-là, je travaillais sur un composé chimique capable de modifier les propriétés du métal…

— Euh… Pis en français ça veut dire quoi ? demanda Joël.

— J'essayais d'inventer un liquide pour ramollir le métal. La veille de l'épreuve écrite, je l'avais testé sur ces étagères et ça n'avait pas fonctionné. Ce que j'ignorais, c'est que le produit agirait quand même, mais vingt-quatre heures plus tard… Et d'une autre façon.

— Comment ?

— Eh bien, ç'a fait céder les soudures. Tout simplement.

— Pis le… A-HEM ! fit Meg, dont la voix s'était enrouée à force d'écouter sans rien dire. Pis le F-3 ?

— Oh, oui ! Cette fois-là, vous avez bien failli gâcher un travail très important ! Voyez-vous, je ne peux pas acheter moi-même tous les produits dont j'ai besoin pour faire mes expériences. Plusieurs d'entre eux sont hautement chimiques et personne n'accepterait de les vendre à un garçon de mon âge. C'est donc le concierge qui fait ces commissions pour moi. Et comme il ne peut pas me les donner en mains propres (un adulte qui donne une bouteille de produit chimique à un élève en pleine école, ça éveillerait des soupçons !), nous avons élaboré ce code entre nous : le produit est déposé dans l'auditorium (jamais au même endroit, c'est moins risqué) et une note, placée dans le vieux livre de médecine de la bibliothèque, m'indique son emplacement dès qu'il est assuré que personne ne sera dans la salle de spectacle.

— Pourquoi y te le dis juste pas ?

— Nous évitons au maximum de nous parler en public. Moins les gens peuvent faire un rapprochement entre moi et ma vie secrète dans l'école, mieux je me porte. Jusqu'à maintenant, personne n'avait jamais fouillé dans le grand livre de médecine. Mais toi, Zachari, tu possèdes une curiosité plutôt extraordinaire ! Celui qui voudra te cacher quelque chose aura intérêt à se lever tôt ! Bref… F-3 était le siège sous lequel m'attendait ma solution chimique. Quand vous m'avez accosté, à l'entrée de la bibliothèque, pour me dire que vous aviez une nouvelle mission, je cherchais justement ce papier. Le hasard a merveilleusement bien fait les choses, cette journée-là. Sinon, vous auriez peut-être mis la main sur mon produit avant même que je ne sache qu'il était arrivé !

— Pis l'affaire de mon costume de bain, pendant l'épreuve de natation ! se rappela Zachari. C'était-tu toi, ça aussi ? !

— Pardon ? Euh… Non. Là, sincèrement, je ne sais pas de quoi tu parles. Je n'ai pas assisté à cette épreuve.

— Non, ça, c'est la conne à Jessie-Ann, lança Jade en bâillant.

— J'commence à m'endormir, moi, déclara Émile. On devrait peut-être aller se coucher…

Maggie, qui était assise sur la chaise, s'étira. En ramenant ses bras, elle accrocha par mégarde un des bocaux de verre, qui tomba par terre et se brisa, libérant l'abeille. Cette dernière, affolée, vola dans la première direction qui tomba sous ses yeux et arriva tout près de Jade, qui se mit à paniquer.

— Évite de bouger, Jade ! essaya de l'avertir Eugène, trop tard.

La belle se mit à se débattre et donna une tape sur l'abeille. Celle-ci se fâcha, convaincue qu'on l'attaquait, et planta son dard dans la chair de son ennemie, qui hurla de douleur.

— OH NON ! t'es-tu correcte ? ! ? ! s'exclama Zachari.

— ÇA FAIT MAL ! ÇA FAIT SUPER MAL ! ! !

— Zut, fit Eugène. Si seulement on avait de la terre ou de l'ail : c'est excellent contre les piqûres d'abeilles !

— Aaah-HA !!! s'écria Joël en sortant la gousse de ses poches, tout fier d'exister. Hein ! HEIN ?! J'vous l'avais DIT que ça pourrait p't'être servir !!!

Eugène extirpa le dard du bras de Jade et commença à la frotter doucement avec un morceau d'ail. Cette dernière se calma peu à peu.

— Est où, là, la maudite abeille ? demanda-t-elle, méfiante.

— Oh, elle ne pourra plus te faire de mal, la rassura le garçon aux grosses lunettes. Après avoir piqué, les abeilles meurent.

— Ouain, ben tant pis pour elle !

Les autres se mirent à rire.

— Bon, ben on va-tu se coucher, là ? proposa Maggie.

— Ouain, moi aussi j'suis fatigué, fit Joël.

Tant d'informations d'un seul coup ! Leur cerveau pouvait bien ne plus répondre ! Eugène leur offrit de s'installer dans sa chambre, pour être plus à l'aise. Les sept amis acceptèrent sans se faire prier et allèrent immédiatement chercher leurs sacs de couchage, pendant que leur hôte s'occupait d'emprunter un balai dans la conciergerie pour nettoyer les éclats de verre.

En chemin vers la cachette, Alice fit remarquer au reste du groupe que l'école devenait beaucoup moins épeurante, maintenant que le secret était percé.

— Ouais. Mais y reste que j'avais raison, pensa Émile à haute voix. Y en n'avait pas de fantôme, finalement !

Joël grogna. Il était probablement le plus déçu de tous…

CHAPITRE 47

CONSÉQUENCES

Alice se réveilla d'abord un peu confuse, ne reconnaissant pas les lieux. Puis elle vit Meg, assise à sa gauche, et tout lui revint en mémoire.

— Y est quelle heure? chuchota-t-elle.

La minifille se traîna vers le poignet de Zach.

— Midi et demi.

— Wow! C'est la première fois que je dors aussi tard!

— Réveillez-vous, on a un problème! lança Eugène en faisant irruption dans la chambre.

Il était debout depuis quelques heures déjà et avait eu le temps d'aller faire un tour, question de voir si la soirée de la veille avait laissé des traces. À part du sel sur le plancher, rien de précis n'avait attiré son attention. Jusqu'à ce qu'il passe devant la fenêtre.

— Hein? Qu'est-ce qu'y se passe? s'énerva Joël en s'extirpant d'un rêve.

— La police est ici, annonça le garçon aux grosses lunettes. Et ton père, Mégane.

— Hein?! Pourquoi?

— Je ne sais pas. Ils viennent tout juste d'arriver.

— Merde, ma mère ! lâcha Alice.

Ils avaient complètement oublié de se préparer, au cas où la mère d'Alice appellerait chez Meg pour vérifier que tout allait bien pour sa fille qui était censée dormir là.

— Ah non !… Pis nous autres on a dit à son père qu'on dormait chez vous ! se souvint Zach.

— Mais comment ça, y viennent vous chercher ici ? fit Émile.

— Probablement parce que c'est le dernier endroit où l'on vous a vus, suggéra Eugène.

— *My good*, mais là… Qu'est-ce qu'on fait ?! s'énerva Jade.

Ils ne pouvaient rien faire. Rien ne les sortirait de cette impasse ; aucun mensonge, aucune ruse. La seule solution était de tout avouer. Se rendre. Avec un peu de chance, les familles des quatre autres amis ne s'apercevraient de rien et on limiterait les dégâts à Alice et à Meg… Et à Zach, par ricochet. C'est ainsi que sept petites têtes honteuses se présentèrent devant les trois visiteurs imprévus.

— Qu'EST-CE que vous faites là, vous autres ?! tonna Jacques. Mégane Létourneau, est-ce que je peux savoir ce qui se passe ici ? Tout le monde vous cherche !

— On voulait juste passer la fin de semaine à l'école… Pour le *kick*.

Devant les policiers, ils ne pouvaient pas expliquer la véritable raison de leur présence dans l'édifice sans mettre en jeu la vie d'Eugène.

Le directeur se tourna vers les policiers et les remercia de leur aide, en précisant qu'il appellerait immédiatement la mère d'Alice pour l'informer de la situation. Constatant que leur présence était aussi utile qu'une pelle dans un lit d'eau, les représentants de l'ordre quittèrent les lieux.

— Pour *le kick*?! demanda Jacques.

Ces explications ne seraient pas suffisantes. Ils durent donc dire toute la vérité, à partir du début: de la planification de l'aventure, en passant par la lettre aux parents, jusqu'à la nuit à chasser le fantôme et, enfin, la «capture» d'Eugène.

— Fait qu'on sait toute au sujet d'Armand Frappet, conclut Zachari.

Le directeur les fixait avec de grands yeux pétrifiés.

— Ah non. Ah non… Ah non! s'exclama-t-il en cherchant à chasser ce cauchemar. C'est pas vrai?! C'est pas vrai!! VOUS RENDEZ-VOUS COMPTE DE CE QUE VOUS VENEZ DE FAIRE?!

Il entra dans une colère froide et dévastatrice. Même Meg ne l'avait jamais vu dans cet état.

— Ça fait vingt ans qu'on se crève pour le protéger, pis vous autres vous…?! J'peux pas croire, J'PEUX PAS CROIRE!

— Ben oui, mais on le savait pas…

— JUSTEMENT! Des fois, c'est important de se mêler de ses affaires, dans la vie! Pis là, qu'est-ce que je suis supposé dire à la mère d'Alice, moi?

— … Qu'on vous a menti pour passer la fin de semaine à l'école. C'est la vérité.

— Là, je m'en vais vous reconduire chacun chez vous, mais je vous passe un papier que ça s'arrête pas ici, cette histoire-là.

— Mais les parents des autres ? Y pensent qu'y sont en camping !

— Ah, mais c'est VOTRE problème, ça ! Vous avez voulu mentir, démerdez-vous ! Trouvez une raison de revenir plus tôt que prévu ; moi j'veux pas vous voir une seconde de plus dans mon école !

Le trajet du retour fut très silencieux. Chacun s'enferma dans sa tête pour réfléchir. Les sept amis se sentaient très mal de leur geste. Jamais ils n'auraient pensé causer autant de problèmes.

— On le dira pas, 'pa, pour Eugène.

— J'espère bien que vous le direz pas ! Savez-vous ce que ça voudrait dire, si d'autre monde le savait ?

— Oui. La vie à Euge serait en danger.

— Entre autres. Mais y a pas juste Eugène qui serait touché par les conséquences. À plus petite échelle, les autorités commenceraient probablement par fermer l'école. Ensuite, moi je pourrais me faire arrêter pour avoir caché un homme porté disparu. Et là, c'est pas tant pour moi que ça serait grave ; c'est pour mes enfants ! Comment t'aimerais ça, Meg, vivre en famille d'accueil sans ton frère, parce que ton père est en prison ? Et je suis convaincu qu'ils me condamneraient aussi pour avoir mis tous les élèves en danger.

— On n'est pas en danger, Eugène y ferait pas mal à personne !

— Non, pas lui, mais tous ceux qui pourraient vouloir s'emparer de sa formule, oui! On vous l'a DIT: y a des malades qui *tueraient* pour avoir cette formule-là entre leurs mains! Qui VOUS tueraient, s'il le fallait!

Il y eut un silence avant que Jacques n'ajoute sombrement:

— Y a des possibilités infinies de conséquences, si les gens apprenaient ce qui se cache à Chemin-Joseph.

Ils n'avaient pas pensé à ça.

— Et c'est pas seulement nous qui sommes menacés, reprit le directeur. C'est le monde au complet qui serait en danger si ça venait à être découvert! Parce qu'une invention comme ça, ça peut déclencher une guerre en cinq minutes!

— Ouais, on l'sait, y nous l'a dit.

— Donc OUI, je vous conseille de garder ça pour vous. J'peux pas croire…!

La mère d'Alice éclata aussi de colère en apprenant que sa fille lui avait menti. Elle lui interdit l'accès à l'ordinateur et à la télévision pendant un mois, en plus de lui enlever tous ses droits de sortie et de lui faire rédiger une lettre d'excuse à la direction de l'école.

Maggie, Jade, Joël et Émile décidèrent eux aussi d'avouer leur mensonge. Si trois de leurs amis devaient payer pour leurs actes, autant souffrir avec eux. Et ils avaient assez inventé d'histoires depuis une semaine. Le moment était venu d'assumer leurs faits et gestes. De toute façon, ils ne savaient pas comment justifier un retour aussi précipité. À moins de dire que le site où ils faisaient supposément du camping avait pris feu, mais encore là ; leurs parents se seraient informés et la vérité aurait éclaté. Chacun eut droit au meilleur de l'imagination de leurs parents en terme de punition. Coupures d'allocation, confinement à la maison pour toute la semaine, pas le droit d'utiliser le téléphone, tâches ménagères additionnelles ; tout y passa. Chacun accusa le coup sagement, sans broncher.

Le lundi, Jacques les appela à son bureau pour leur remettre un avis de convocation en retenue après l'école… valide pour toute la semaine ! Encore une fois, personne ne s'y opposa et ils firent leur temps au complet sans rechigner.

Le mercredi, Émile vint voir Zach en disant :

— J'aimerais ça te parler tout seul, s'il te plaît.

— OK.

L'adolescent suivit l'autre dans un coin à l'écart en essayant de deviner ce qu'il pouvait bien vouloir lui dire de si important pour ressentir le besoin de s'isoler.

J'espère qu'y va pas me demander de l'aider avec Jade…

— Y a quelque chose qu'y faut que je te dise, lança Émile, d'entrée de jeu.

— Vas-y.

Son ami tenait une enveloppe dans ses mains.

— J'ai reçu mes billets pour le match du Canadien.

— Ah, cool !

— Ouain. J'veux que ça soit toi qui y ailles.

— Hein ? Pourquoi ?

— Parce que j'ai fait quelque chose de pas correct, pis je me sens super mal.

— De quoi tu parles ?

Émile inspira profondément et marqua une pause avant de déclarer :

— C'est moi qui a caché ton maillot pendant l'épreuve de natation.

— … Quoi ?

— C'est moi qui a…

— Oui, non, ça j'ai compris. Mais comment… Pourquoi ?

— C'est super con. Cette semaine-là, j't'ai vu avec Jade, vous étiez en train de vous faire une caresse, pis j'suis devenu comme… jaloux. Pis là, quand on est arrivés pour la compétition, je l'sais pas pourquoi, mais j'voulais juste l'impressionner pour qu'a me remarque. J'me suis dit que si je faisais quelque chose de… d'héroïque, genre… peut-être qu'a me trouverait cool. Plus cool… que toi…

Zachari n'en croyait pas ses immenses oreilles.

— C'est pour ça que j'ai caché ton costume, pis que j't'ai prêté le mien pour que tu puisses quand même faire la course, parce que j'te le promets que j'voulais pas t'empêcher de la faire, la course ! J'avais juste pas pensé que mon maillot serait trop grand pour toi, pis que tu raterais tout à cause de moi… J'voulais juste…

Il s'arrêta de parler. Tout avait été dit. Zach le regarda sans savoir quoi répondre. Il se sentait trahi. Et en même temps, il pouvait, en ouvrant très grand le tiroir de son imagination, comprendre comment son ami (son ami?) avait eu cette idée. Lui-même avait souhaité qu'Émile échoue lamentablement l'épreuve de connaissances générales.

Mais j'aurais jamais triché!

Ce dernier lui tendit les billets.

— ... Merci... J'pense...

— C'est juste normal. J'les mérite pas.

Sur ces mots, il partit sans se retourner. Zachari retourna l'enveloppe dans ses mains à quelques reprises. À ce moment précis, il réalisa que ce match n'avait aucun intérêt pour lui. Pire : en y allant, toute sa soirée lui laisserait un goût amer dans la bouche, comme si le simple fait d'être là signifiait qu'il oubliait le geste d'Émile, alors qu'au fond celui-ci le blessait profondément.

C'est comme si y achetait mon pardon.

Romann passa devant lui, comme une révélation.

— Romann! l'appela-t-il.

— Heille, salut... Qu'est-ce qu'y a?

— Tiens. C'est les billets pour le match du Canadien. Émile y peut pas, pis moi non plus. J'pense que c'est toi qui devrais y aller.

— Pour vrai?! Tu m'les donnes?! Gratuits?

— Ouais. Amuse-toi, pis tu me diras comment c'était.

Il partit à son tour, soulagé d'un immense poids, pendant que l'autre, derrière lui, dansait sur place. Étrange. Quelque en lui chose avait changé, cette semaine. Comme si un peu d'adulte était tombé là, sans prévenir, par accident. Des milliers de réflexions se bousculaient dans sa tête. En parallèle, des milliers de prises de conscience sautaient sur place. Comme si une tempête se préparait.

Et effectivement… Une tempête se préparait. Un grand cri perça soudain le corridor.

— AAAAAAAAAAAAAAAAAAAARGH!!!!!!

Plus personne ne parlait ni ne bougeait dans l'école. Les élèves s'échangeaient des regards remplis d'appréhension. Que se passait-il ?

Bientôt, tout le monde s'élança vers l'endroit d'où le cri avait surgi. Une foule immense se forma non loin des casiers. La porte de la conciergerie était grande ouverte. Meg arriva près de son ami et demanda :

— Qu'est-ce qu'y se passe ?

— Je l'sais pas, j'arrive pas à voir, répondit celui-ci.

La minifille soupira et commença à se frayer un chemin dans la masse en jouant des coudes. Rapidement, elle disparut, enveloppée par la troupe de curieux qui se resserrait. On pouvait entendre des exclamations de toutes sortes : « OH NON ! » ; « HEIN ! » ; « Ben là, faites de quoi ! ».

Meg réapparut finalement, émergeant de la mer d'élèves qui se bousculaient. Son visage était pâle comme si la lune s'était cachée derrière.

— Le concierge, dit-elle. Y est couché à terre. Y bouge pus… J'pense qu'y est mort.

À suivre… Encore.

CHAPITRE 48

CECI N'EST PAS UN VRAI CHAPITRE.

Message à ceux qui lisent toujours la dernière page d'un livre avant de l'acheter : C'EST UNE TRÈS MAUVAISE HABITUDE ! Là, vous êtes vraiment chanceux, parce que je vous épargne de lire un gros *punch* de l'histoire en écrivant ce dernier chapitre, qui n'en est pas vraiment un. Alors, je vous avertis tout de suite : N'ALLEZ PAS LIRE la dernière ligne du chapitre précédent si vous n'avez pas lu le livre au complet ! Non seulement ça va gâcher votre plaisir, mais ça va aussi et SURTOUT gâcher le *mien*. Pis ça, personne a envie de vivre ça. (NDA)